단색의 은총

윤경이 에세이

이참에 세상의 잡스러운 소식과 이전투구의 뒤엉킴을 일시에 덮어버리면 좋겠다
허벅지까지 푹푹 빠져 찻길도 막히고 사람 길도 막혀 소식이 끊긴 혼자만의 시간

작가의 말

부끄러운 치부를 드러내듯 조심스럽게 이 글을 독자에게 드린다.

버리는 혹은, 내려놓는

흘러가는 것들의 내력을

깨치려는지

붉은 꽃잎

온몸 버려 떨어진다

그때마다 출렁이는 그 버거움에

산 그림자

삶의 무게만 한

산 한 채

슬며시 내려놓는다

2021년 초여름 단양에서

목차

제1부

숨쉴 공간

아름다운 오월

진홍색 덩굴장미가 화려하게 피어나는 계절이다. 가히 오월의 여왕이라 칭송받을만하다. 그 돋보임 속에 조금은 다소곳함이 있었으면 하는 아쉬움이 남는다. 경계심이 많은지 온몸에 가시를 달고 있어 함부로 가까이 갈 수 없으니 말이다.

여하튼, 그 화려함은 오월을 장식할 만큼 요란스럽다. 흡사 도도하고 오만한 여인같아 조금은 부담스럽기도 하다. 예쁘고 돋보이는 만큼 겸손함도 갖추었으면 어땠을까? 장미꽃은 향기가 강하다. 그래서인지 벌과 나비가 범접을 못 한다. 그 대신 진득이 벌레가 많아 수시로 약을 쳐 주어야 하는 번거로움이 있다.

반면 어디에 있는지 사람들의 눈에 잘 드러나지 않는 땅바닥에 붙어 피는 풀꽃이 있다. 더러는 사람들의 발에 밟히는 아픔도 있지만, 순리에 순응하며 때를 따라 소박한 풀꽃을 피운다. 그런 꽃들에겐 수시로 찾아 드는 벌과 나비가 있다. 그러기에 그들은 외롭지 않아 보인다.

모름지기 사람이나 자연이나 다를 것이 있겠는가? 세상에는 높은 지위와 화려한 명성을 가졌음에도 온화한 기품을 지니지 못하여 뭇 세인들의 관심에서 벗어난 사람들도 있다. 보기에는 모든 것을 갖추고 화려해 보이지만 심지어 그들 스스로도 만족하지 못한다.

모든 것을 순리대로 살면서 풀꽃처럼 향기롭되 역겹지 않을 수 없을까? 그런 사람은 옆에만 있어도 불편하고, 빨리 그 자리를 피하고 싶고, 도무지 인간적인 면이라고는 찾아볼 수 없는 독선적이고 자기중심적인 사람이다.

그러나 오래오래 곁에 있어도 싫증나지 않는 사람이 있다. 헤어진 후에도 생각나는 그런 사람은 정녕 풀꽃 같은 사람이다. 재력도, 명예도, 배움도 작지만 헤어진 후 문득문득 생각나는 그런 사람이 좋다. 그런 사람 옆에는 언제나 많은 사람이 모여든다. 마치 풀꽃처럼 벌, 나비들이 찾아온다.

화려한 장미보다는 소박하지만 질리지 않는 풀꽃이 되고 싶다.

아무도 보아 주지 않는 길섶 풀꽃에서 겸손을 배운다.

대상 없는 그리움

유년시절 나는 가족들이 외출하고 없는 빈집, 그 완벽한 고요가 좋았다. 집안 행사로 집을 비우게 되는 날이면 한사코 혼자 집 보기를 고집하곤 했다. 텅 빈 공간에 홀로 조금은 외롭고 쓸쓸했지만 혼자만의 시간이 좋았다.

여름이면 널찍한 마루에 팔베개를 괴고 한가로이 떠가는 갖가지 구름의 모양이라든지 작은 바람에 일렁이는 사물의 움직임은 오래도록 보고 있어도 질리지 않았다. 혼자 누리는 이런 자유로움과 호젓함이 좋았다. 가끔 친구들에게도 그런 사물의 흔들림을 보라고 말해보지만 그들은 고무줄이나 공기 놀이가 더 재미있다며 그다지 반가워하지 않았다.

그 시절엔 장난감도 어른들이 만들어 줄 정도로 가지고 놀만 한 것들이 없던 때였다. 예쁜 조약돌이나 여름철 장마에 떠내려 오며 깨어진 유리 조각을 색깔 별로 주워 모서리를 돌에 문질러 둥글게 만들어 호주머니에 보물처럼 넣고 다녔다. 파란 유리조각을 눈에 대고 보는 세상은 어린 마음에 참으로 예뻐 보였다. 친구들을 만나면 눈에 대어 주며 "한번 봐봐, 너무 예쁘지 않니?" 세상이 온통 파란색이면 어떨까? 아니면 붉은색이면 어때? 나와 같은 생각이기를 바래보지만 친구들에겐 단지 이상한 소리였을 것이다. 그럴 때 나는 몹시 외로워 마루 끝에 걸터앉아 멀리 소잔등 같은 능선을 바라보며 저 너머엔 누가 살까? 어떤 사람들이 살고 있을까? 내 마음을 알아줄 누군가가 살았으면 좋겠다는 막연한 상상을 하기도 했다.

어른이 된 나는 여전히 그때와 별반 다를 게 없다. 밤을 새워 한 편의 시를 써 놓고 스스로 감동한다. 그리고 누군가에게 보여 주고 싶어한다. 그러나 막상 보여 줄 사람이 없다는 것이 나를 몹시 외롭게 한다.

그런 나에게 어느 지인께서 이런 말씀을 해 주셨다. "글을 쓰는 사람은 늘 고독하다네, 그것을 숙명으로 받아들이지 않으면 글을 쓸 수가 없다네. 그리고 욕심을 내도 안 되네. 세속이 주는 그 어떤 것보다 비교할 수 없는 보물이 거기에 있다는 것을 알아야 하네." 그분은 젊은 날, 윌리엄 워즈워드의 시 「무지개」를 읽고 큰 감동을 받았다고 했다. 누구나 볼 수 있는 무지개이지만 워즈워드처럼 무지개를 보는 순간 가슴이 뛰었다고 했다. 그렇듯 그에게는 그 시가 남들이 알지 못하는 특별한 의미로 다가왔던 것 같다. 글을 쓰는 사람이 세속적인 명예나 출세를 목적으로 해서는 안 되고 그런 글은 향기 없는 무의미한 것이라고 누누이 말씀해 주셨다.

워즈워드처럼 "하늘의 무지개를 바라보면 / 내 마음 뛰노라 / 나 어려서 그러하였고 / 어른이 된 지금도 그러하거늘 / 내 생애의 하루하루가 소박한 경건의 마음으로 이어가기를" 그런 마음으로 글을 쓰라고 했다.

오늘도 나는 대상 없는 누군가를 그리워한다.
그리고 한 편의 시를 통해 인생을 보는 눈이 깊어지기를 바란다.

만추

나무 끝에 달려있던 나뭇잎

눈물샘 뜨거운 물줄기를 더듬다

무게를 못 이겨 떨어진다

바람이 지나간 자리마다

수북이 쌓인 낙엽

각양각색의 남루로 남아

우물 속 같은 내 가슴에 가라앉는다

오랫동안 들썩이는

내 어깨를 닮은 낙엽

떼를 지어 굴러다니는 그곳에

내 울음도 섞이겠다

시가 내 곁으로 왔다

그러니까 내 유년의 일이다. 여름방학 당고모님 댁에 갔다가 책장에 꽂혀 있던 달맞이꽃이라는 작자 미상의 시를 읽게 되었다. 나는 그때 처음으로 시를 접했던 것 같다. 무슨 보물이라도 만나듯 흥분과 설렘으로 읽고 또 읽고 너무 좋아서 고모님의 허락도 없이 책을 몰래 가져왔다. 그 시집을 거의 외우다시피 하며 닳고 닳은 시집을 애지중지 끼고 살았었다.

그 시절엔 책이 귀했다. 책 한 권으로 여러 사람이 돌려가며 읽다 보면 어느새 귀퉁이가 너덜너덜 떨어져 풀로 붙여가며 읽었던 그런 시절이었다. 나는 그때 그 시집으로 인하여 막연히 시인을 동경하게 되어 이담에 시인이 되리라는 꿈을 키우게 되었다.

그 후 내 딴엔 시를 쓴다고 이말 저말 써 놓고 어머니께 보여드리면 어머니께서는 빙긋이 웃으시며 아유 잘 썼네! 정말 잘 썼네! 하시며 말도 되지 않는 글을 끝까지 읽어 주셨다. 아마도 용기를 주기 위해 그렇게 하셨던 것 같다.

그 무렵 이웃에 시나리오작가 한 분이 살고 계셨다. 온종일 방에 틀

어박혀 나오지도 않고 글을 쓴다는 것을 그분의 여동생(나에게는 몇 살 위의 언니)이 또래들 모인 곳에 와서 자랑스럽게 이야기하곤 했다. 가끔 쓰다가 망쳐버린 원고지를 언니가 가져오면 너무 신기하기도 하고 부럽기도 하여 한 자도 빼놓지 않고 읽어보곤 했다. 당시엔 종이도 흔하지 않던 시절이라 버려진 원고지를 하나라도 더 갖기 위해 욕심을 부리기도 했다.

나는 그때부터 글 쓰는 것과 읽는 것을 좋아해 어떤 책이든 닥치는 대로 읽었다. 어머니가 읽으시던 어린아이가 보면 안 되는 소설을 몰래 이불을 뒤집어쓰고 플래시를 켜고 읽다가 아버지께 혼이 나기도 했다. 아침 조간신문에 연재되는 소설과 만화를 읽으려고 아버지보다 먼저 일어난 적도 많았다.

'삶이 그대를 속일지라도 노하거나 슬퍼하지 말라' 그 나이에 삶의 의미도 모르면서 책상에 붙여 놓은 푸시킨의 시를 보시고 아버지께서 어머니에게 작은 소리로 "어린 것이 무얼 안다고" 하시긴 했지만 내심 싫지 않으셨던 표정이 지금도 기억난다. 가을날엔 남쪽 나라를 향해 날아가는 철새를 끝없이 눈으로 쫓아가다 알 수 없는 서러움에 울기도 했던 내 유년이다.

어린 날 시인을 동경하며 꿈을 갖게 한 이 시를 여기에 소개한다.

달맞이꽃

먹물보다더 까아만

어둠 사이로 하나

그리운 상념이 창가에 서성인다

못다 한 언어가

못내 가슴 아파

나는 태양을 외면한 채

피어나는

달맞이꽃이 되고 싶다

아무도 모르게

피었다 저버리는

존재 없는

꽃잎의 슬픔이 있다 해도

여름이여 안녕

—이독치열(以讀治熱)

올여름 휴가를 두 번씩이나 다녀왔다는 이들이 있다. 덥긴 어지간히 더웠나 보다. 또한 장마도 아닌데 느닷없이 뿌려대는 소낙비는 삶이 힘든 이들에겐 끈적끈적한 습도와 더불어 짜증을 더했을 것이다. 이럴 때 더위를 잘 이겨내는 방법은 없을지?

아주 오래전 일이다. 생각해 보니 우리 가정에 있어 가장 힘들었던 시기가 그때 그 여름이 아니었나 싶다. 남편 하던 일이 어려워져서 하는 수 없이 우리 가족은 모든 것을 포기하고 변두리 어느 집으로 이사를 하게 되었다. 집이라고 하기에는 너무나 민망한 곳이었다. 겨우 눈, 비를 피할 수 있는 양철 지붕의 다락방이었으니 말이다. 비스듬한 천장은

키가 큰 이는 머리를 숙여야 들어가는 그런 곳이었다. 그 당시 초등학생이던 아이들이 학교에서 가정방문이라도 온다고 하면 얼굴이 하얗게 질릴 정도의 말도 안 되는 집이었다.

아무튼, 형편이 그런 처지였을 때의 이야기이다. 거기다 그해 유별난 더위는 당시 매스컴에서 수십 년 만의 최고의 더위라고 했으니 올여름처럼 꽤 더웠던 것으로 기억된다. 온종일 양철지붕을 달군 열기는 오후가 되면 그야말로 찜질방 아닌 불가마라고 하는 것이 더 적절한 표현일 것 같다. 그때 나는 아는 곳도 없을뿐더러 혹여 아는 데가 있어도 은둔생활이나 마찬가지라 갈 곳이 없었다. 그리고 더워서 바깥에 나가 돌아다닐 엄두도 못 낼 정도의 더위였으니 딱히 하는 일이라고는 책을 보는 것이 고작이었다. 헌 책방에서 책을 구매해 오면 매캐한 곰팡냄새로 기침도 나고 살갗이 따끔거렸지만 그때의 형편으로는 이것저것 가릴 처지가 아니기에 한낮이면 뜨끈하게 달궈진 벽에 기대앉아 독서삼매경에 하루를 보냈다. 한참 책에 집중하다 보면 온몸이 땀으로 범벅이 되어 있었다. 그러나 집중하는 동안에는 더운 줄도 모르고 책 속에 푹 빠져 있었다.

여름이 거의 막바지에 이를 즈음 이웃에 사는 아주머니께서 자기네는 쓸 일이 없으니 써 보라며 돗자리 하나를 건네주셨다. 짐작 건대 아마도 우리 사는 것을 딱하게 보신 것 같았다. 여하튼, 끈적끈적한 방바닥에 돗자리를 깔아 놓으니 폴폴 마른 풀 냄새도 나고 보송보송해 기분까지 좋아졌다. 그해 그 고마우신 아주머니 덕분에 여름을 잘 보낸 것 같아 지금도 감사한 마음이 있다. 그렇듯 그해 무더웠던 여름을 이열치열(以熱治熱)이 아닌 이독치열(以讀治熱)로 잘 보낸 셈이다.

　지나고 보니 나에겐 그해 여름이 내게 있어 무엇보다 값진 시간이었음을 지금도 고맙게 생각한다. 그때 그런 환경이 아닌 좋은 환경이었다면 그 많은 독서를 했을까 싶다. 때로는 고난이 유익이라는 것을 글이 아닌 몸으로 배우게 되었으니 그 얼마나 감사한가! 그 후로도 나는 무더운 여름이면 오랫동안 책을 읽곤 한다. 책을 읽는 동안 집중하다 보면 더운지 추운지 알 수 없다. 흔히 사람들은 가을엔 독서를 하라고 하지만 나는 무더운 여름엔 책을 읽고, 선선한 가을엔 여행하며 사색을 하라고 하고 싶다.

　여름이 서둘러 가고 있다. 분명 가을이 오고 있음이다.

계절 비틀거린다

장대비가 닦아 놓은

축축한 달빛에

길 잃은 계절

어둠을 해적이며 비틀거린다

깊어가는 그림자만큼이나

무성했던 여름

제 안의 풍경을 어르며

살근살근

떠내려가는 것이더라

미처 떠나지 못한 목쉰

매미 울음소리에

공명하는 마음 우화 같다

동반성장

지난해 청명 부모님 산소에 다녀왔다. 산도라지와 달맞이꽃이 산언저리에 있기에 몇 뿌리 캐다 화단에 심어 놓았다. 이듬해 노란 달맞이꽃과 보라색 도라지꽃이 주변 화단을 환하게 해 주어 환경이 바뀜에도 불구하고 꽃을 피우는 것이 무척 고마웠다. 하지만 날이 갈수록 달맞이꽃이 무서운 속도로 무성하게 자라는 것이 아닌가? 앞뒤 옆 다른 꽃들의 영역까지 침범하여 그야말로 다른 꽃들은 어디에 있는지도 모를 정도다. 하는 수 없이 노끈으로 허리를 질끈 묶어 놓았다. 며칠은 그런대로 봐줄 만했다. 그러나 몸집이 자꾸만 불어나 도저히 감당할 수가 없어 낫으로 밑둥치를 잘라낼 수밖에 없었다. 너무 욕심 부리면서 건들건들 밉상 짓을 하면 누가 널 좋아하겠니? 미안 하지만 나를 이해하렴. 어쩔 도리가 없어." 라며 혼잣말을 했다.

남의 영역까지 침범하며 몸집을 키우는 것은 결코 좋은 모양새는 아닌 것 같다. 달맞이꽃을 보면서 지난날 나 역시 혼자 잘난 척 주위 사람들의 눈살을 찌푸리게 하지는 않았는지 생각을 해 보니 민망하여 얼굴이 붉어진다. 당시엔 잘한다고 한 것이 돌아보면 모든 게 부족하고 실수투성이다. 그것을 알면 때는 이미 늦었고 돌이켜 바로잡을 수도 없다. 그래서 어른들께서는 사람은 늘 실수하며 성장하는 것이라고, 누구나 지나고 나면 후회한다고. 그러기에 사람은 죽을 때까지 늘 배워야 하고 죽을 때가 되어서야 철이 든다고 말씀하셨나 보다.

오래전 어느 총리께서 동반성장을 말씀하셨다. 아마 대기업에 편중된 부를 해소하고자 그 말씀을 하셨던 것으로 기억한다. 비단 경제 분야만 해당되는 것은 아닐 것이다. 인간이 살아가는 것도 이와 비슷하다 생각된다. 잘난 사람, 못난 사람, 호탕한 사람, 소심한 사람, 별의별 사람들이 다 모여 함께 어우러져 살아가야 한다. 하지만 안타깝게도 달맞이꽃처럼 상대방을 존중하지 않는 사람들이 있다.

인생을 살아가다 보면 누구나 실수를 한다. 아니 잘한다고 하는 일도 못 할 때가 더 많다. 그런 실수를 통하여 깨닫고 부끄러워하는 것 또한 사람이다. 그럼에도 굳이 알면서도 남을 배려하지 않고 이해하려고도 하지 않는다면 이건 정말 곤란한 일이다. 매사에 자기방식대로 하는 것은 대단히 위험하다. 나 역시 지금까지 많은 실수를 하며 살아왔다. 지금도 누군가에게 배려와 존중이 없었는지 스스로 돌아보게 된다. 부족한 점을 채워주고 양보하며 어우러져 살아가는 우리 사회를 기대해 본다.

자연이 주는 교훈 앞에 새삼 고개가 숙여진다.

내려놓음의 미학

시골 생활은 맘껏 꽃밭을 가꿀 수 있어 행복하다. 서울에서는 꽃을 키우고 싶어도 좁은 공간이라 베란다의 화분을 이리저리 옮기는 것이 고작이다. 올해는 꽃들을 한 종류대로 군락을 이루어 심어 놓았다. 그중에 채송화는 재래종과 개량종을 함께 심어 놓았다. 아침 햇살에 피어나는 채송화는 그야말로 꽃방석이라 할 수 있다. 우리가 어릴 때부터 보아왔던 재래종 홑겹 채송화는 오전에 꽃잎을 활짝 열었다가 서둘러 오후에는 꽃잎을 닫아버린다. 좀 더 피었으면 하는 아쉬움이 남는다. 반면 개량종 겹 채송화는 온종일 피어 있어 그 화려함이 극치에 달한다. 날씨가 흐린 날이면 그 이튿날까지도 피어 있어 오래도록 볼 수 있어 좋다. 나는 가끔 꽃을 바라보며 이 노래를 부른다.

꽃밭에 앉아서 꽃잎을 보네
고운 빛은 어디에서 왔을까
아름다운 꽃이여 꽃이여
이렇게 좋은 날엔 이렇게 좋은 날엔
그님이 오신다면 얼마나 좋을까 아~ (생략)

어린 날 내 어머니께선 채송화를 무척 좋아하셨다. 우리 집 꽃밭엔 온통 채송화로 꽃물결을 이루었다. 동네 분들이 지나가시다 들어와 꽃 구경을 한참동안이나 하곤 했다. 또한, 원하는 분들은 언제고 어머니께 서 분양해 주셨다. 내 어머니의 채송화 사랑은 유난스럽기까지 했다. 어 린 나는 때때로 꽃이 오늘 많이 피었으니 내일 필 꽃이 없을 거라는 걱 정을 하기도 했다. 그러나 다음날도 또 다음날도 여전히 꽃밭 가득 피 어 있는 채송화가 신기하였다.

하루는 좀 더 가까이서 꽃들을 바라보았다. 그런데 지고 난 꽃잎이 다 떨어지지 못하고 지저분하게 눈곱처럼 매달려 있는 것이 있었다. 화 려하게 피어 있던 것과는 달리 대조적으로 무척 지저분하다는 생각을 했다. 꽃잎이 겹겹이다 보니 꽃잎이 무거운지 바로 떨어지질 못하고 시 들시들 눈곱처럼 달려서 떨어지질 못한 것이다.

반면 홑겹 채송화는 진 꽃잎이 보이지도 않고 깔끔하다. 꽃잎이 홑겹 이다 보니 가볍게 떨어지는 모양이다. 너무 빨리 져버리는 것이 아쉽지 만 뒷모습이 산뜻하여 좋다는 생각을 했다. 사람에게도 자기만의 개성 이 있듯 꽃들도 나름대로 특성이 있다.

나는 이른 봄 고결하게 피어나는 목련을 좋아한다. 그러나 지는 꽃잎 은 너무 슬프다. 처절하리만큼 툭 툭 떨어지는 꽃잎에서 삶의 무게를 느 낀다고나 할까? 모란 역시 꽃잎이 크고 무거워 툭툭 떨어질 때의 아쉬 움이 오래도록 남는다. 또한, 백합의 향기는 어느 꽃에도 비교할 수 없

이 진하다. 그러나 지고 난 빛바랜 꽃잎은 오래도록 매달려 있어 조금이
라도 더 자기들의 존재를 유지하고 싶어 안간힘을 쓰는 것 같아 안타깝
다 못해 처량하기까지 하다. 벚꽃은 화사하게 피었다. 공중에서 원을 그
리며 시나브로 떨어지는 모습은 근사하다.

　이런저런 생각에 그럼 나는 어떤 사람인가? 내가 할 수 없는 영역까
지 집착하며 얼마나 많은 욕심을 부렸는지 모른다. 내려놔야 홀가분하
다는 것을 몰랐다. 아니 지금도 여전하다. 그런 오늘 꽃들을 보며 많은
생각을 해 본다. 이처럼 나의 뒷모습도 홑겹 채송화나 벚꽃처럼 산뜻하
면 좋겠다는, 늦었지만 뒷모습을 생각해야겠다. 머잖아 인생의 마지막
날 홑겹 채송화나 벚꽃처럼 내가 있던 자리가 깨끗하면 좋겠다는 바람
이다.

숨 쉴 공간

냉기가 목덜미를 감도는 아침입니다. 악장처럼 떨어지는 은행잎을 바라보다 문득, '가을엔 편지를 하겠어요./누구라도 그대가 되어'(고운 시「가을편지」) 한 편의 (시) 노래가 생각납니다. 저는 이맘때가 되면 까마득히 어린 시절 생각에 마음이 훈훈해집니다. 그 시절엔 초동 일이 지나면 집집이 산더미처럼 배추를 쌓아놓고 와자지껄 이웃들(어머니 또래 아주머니들)이 몰려다니며 김장 품앗이를 합니다. 우리 집도 예외 없이 차례가 오면 하루 전쯤 아버지께서 커다란 독을 땅에 묻어 주십니다. 나도 그날만큼은 학교에서 일찍 돌아와 어머니를 돕습니다.

어머니는 커다란 독 옆에 앉아서 차곡차곡 김치를 눌러 담습니다. 한 뼘도 더 남겨두곤 이제 됐다 하시며 뚜껑을 닫습니다. 보기에는 아직도 한참이나 더 들어갈 것 같은데 궁금해 하는 내게 어머닌 김치도 숨 쉴 공간이 필요하다고 말씀하셔서 이해를 못 했지만 뭐 그런가보다 정도로 알고 그 일들을 잊고 살았습니다.

오랜 세월이 지나 당시 내 어머니보다도 훨씬 더 산 뒤에야 나는 그 이유를 알았습니다. 그러고 보면 나는 참으로 살림 사는 일에는 빵점인 것 같습니다. 어느 날 김치냉장고 밑으로 벌건 국물이 흘러나오는 것이 아니겠습니까? 식구들도 나도 야단법석이 난 것입니다. 김치통을 다 들어내고 한 포기씩 다른 용기에 옮겨 담는 꽤 큰 번거로움을 치렀습니다. 숨 쉴 공간을 남겨두지 않고 통 가득 눌러 담아 놓았던 것입니다. 그러니 발효가 되느라 부글부글 끓어 오른 것입니다. 그 후 내 어머니께서 말씀하신 숨 쉴 공간이 필요하다, 라는 말씀의 뜻을 그때야 비로소 알게 되었습니다.

이것이 어디 김치뿐이겠습니까. 우리네 인간도 숨 쉴 공간이 필요합니다. 삶의 여백이 필요하다는 것입니다. 우리는 너무 많은 것을 가지려 합니다. 그러다 보니 바쁠 수밖에 없습니다. 남보다 더 가져야 직성이 풀리는 것이 인간의 욕심인 것 같습니다. 아홉 개를 가지면 열 개를 채우고 싶어 하는 것이 사람의 욕심입니다. 열심히 살아가는 모습은 대단히 아름답습니다. 하지만 지나치게 치열한 경쟁으로 전력투구하는 모습은 너무 살벌합니다. 마음의 여유가 없다 보니 모든 것이 짜증으로 표현됩니다. 이 모든 것이 지나친 욕심에서부터 생기는 것입니다. 과다한 욕심은 우리를 병들게 합니다. 여유가 없는 빡빡한 일상도 마찬가지입니다. 메마른 정서는 사람을 불안하게 합니다.

우리의 마음에도 여백은 꼭 필요합니다. 어느 한구석 누군가가 들어와 앉을 빈자리가 필요합니다. 이 아름다운 계절 깊고 푸른 하늘을 한 번쯤 올려다볼 수 있는 마음의 여유는 어떠한지요? 향방 없이 바람에 구르는 낙엽 한 장 책갈피에 끼워 넣던 학창시절의 낭만은 어떠신지요?

숨 쉴 공간을 주어 잘 숙성된 김치가 온 가족이 모이는 저녁 식탁을 풍성하게 하듯 이 가을 사색을 통해 마음의 근기를 돌아보면 좋겠습니다.

작은 일렁임에 와르르 노란 은행잎이 쏟아질 것 같아 마음 졸여지는 날입니다.

이 가을 삶을 보는 눈이 더욱 깊어지면 좋겠습니다.

제2부

겨울 나무

기다림의 미학

이른 봄, 내 딴엔 거금을 들여 능소화 한 그루를 사다 심었다. 그런데 심어 놓고 여러 날을 지나도 이 아이, 영 싹 틔울 기미가 보이질 않았다. 조급한 마음에 매일 같이 확인하다 보니 어느새 한 달이 넘었다. 내심 돈 생각도 나고, 왠지 능소화에 서운한 마음도 들고, 공연한 짓을 했나 싶기도 하여 투덜거리다 능소화를 사 왔던 꽃집을 찾아갔다. 능소화는 싹이 나오지 않은 겨울이나 봄에, 눈으로 보기에는 영락없이 죽은 나무같이 보인다.

"아저씨! 아마도 능소화가 죽었나 봐요. 혹 죽은 아이가 아닐까요? 싹 나올 기미가 안 보여서요."라고 물어보는 내 말 속에는 죽은 아이를 왜 팔았냐는 불신이 묻어 있었다. 그런데 그 주인아저씨께서 나를 쳐다보지도 않고 대뜸 하는 말이 "나 참, 사람들이 기다릴 줄 모른다니까. 좀 기다려요. 기다려 보면 나올 거예요." 퉁명스럽게 말하고는 자기 할 일이 바쁜지 저만치 가버린다. 나는 황당하기도 하고 창피하기도 하여 민망한 마음에 영 기분이 언짢아져서 돌아왔다. 아마도 능소화를 사 가는 사람들 대부분이 기다려도 싹이 쉬 나오질 않으니 재차 찾아와 확인하는 일들이 많았을 것이다.

그런 일이 있고 나는 그 아저씨 말씀처럼 그저 무심하게 기다려 보기로 하고 한동안 쳐다보지도 않고 지나갔다. 그래도 궁금한 마음에 확대경을 가지고 보았으나 역시 죽은 듯 보이지 않았다. 그 후 계절은 벌써 초여름으로 접어들고 거대한 우주의 들숨과 날숨에 앞다투어 온갖 꽃들이 술렁술렁 피고 지는데, 어쩌자고 이 아이 꿈쩍도 하지 않고 죽은 듯 잠만 자는 것인가.

어느 오월도 중순이 훌쩍 지나 기다림도 한계가 있지 싶어 마지막으로 확대경을 들이대고 이번에 보이지 않으면 포기한다는 생각으로 보는 순간 눈곱만큼 보이는 잎눈. 아! 탄성이 저절로 나오는 이 경이로움! 하! 순도 높은 그만의 침묵, 대단한 경이로움으로 다가왔다. 그 어떤 누군가가 이런 대단한 침묵으로 사람을 이토록 기다리게 할 수 있을까.

그때 '기다릴 줄 몰라요. 사람들이 어찌 모두 성미가 급한지, 기다려 봐요'라 하던 꽃집 아저씨의 퉁명스러운 말이 교훈으로 들려왔다.

이제 7~8월 뙤약볕 아래 다른 꽃들이 망중한을 즐길 때 나는 너의 화사한 자태를 지금부터 또 기다릴 것이다.

능소화 너로 인하여 기다림을 배운다.

기다림

시퍼렇던 여름날
무성하게 피어 있는 꽃들에 가려
보이지 않던 들국화
스산한 가을 끝자락 홀로 향기를 토한다

남들이 꽃을 피운다고 덩달아 꽃을 피울 수 없는 것
저마다의 삶에도 다 때가 있다는 것을

찬 서리이고 서 있는 국화 앞에서
인생의 철학을 배운다

나를 찾는

이 글은 솔직히 속물근성이 지배적인 나 자신을 향한 것이다. 가끔 지인들과 시외로 나가 식사할 때가 있다. 그때마다 느끼는 것은 웬 여자들이 그리 많은지 남자라고는 찾아볼 수가 없을 정도로 식당 안은 온통 여자들로 북새통이다. 하긴 나부터도 소문난 집을 찾아 멀리까지 갔으니 할 말은 없다. 한번은 식사 후 차 한 잔을 놓고 있으려니 옆 좌석에서 들려오는 이야기를 본의 아니게 듣게 되었다. 큰 소리로 웃고 떠드는 교양 없는 모습, 이야기의 내용인즉 명품 옷, 가방, 구두, 거기다 소위 얼굴 성형까지 그렇게 자랑할 곳이 없어 조용히 식사하는 자리까지 와서 열을 올릴까 싶어 우리 일행은 찻잔을 들고 바깥으로 나왔다.

언젠가 신문에서 읽은 성형외과 의사의 글이다. 자기 병원에서 있었던 일이라며 교양도 있고 좋은 학교를 나왔음에도 즉, 외모로 인하여 매사에 위축되어 자신감이 없었다고 한다. 그러다 보니 어떤 곳에도 적응을 못 하여 우울증으로 고생하다 성형외과를 찾았다. 그 후 예쁘게 성형을 한 후 대인관계는 물론 직장생활도 잘 한다는 기사의 내용이었다. 이럴 때 그는 보람을 느낀다고 했다. 그러나 반면 충분히 개성도 있고 예쁜 얼굴임에도 어느 특정 여배우처럼 해달라고 떼를 쓰는 이들이 생각보다 많다고 한다. 그러니 길거리에 나가면 어디서 본 듯 너도나도 비슷비슷하여 자기만의 개성이 없다. 성형수술도 유행인 것 같다며 자기야 돈을 벌어 좋지만 사실 이 시대의 슬픈 현실이 아닐 수 없다며 내면을 가꾸는 자기만의 개성과 지성이 무엇보다 필요하다는 기사의 내용이었다.

자기만의 특성을 잃는 것은 곧 자기 개성을 상실하는 것이다.

한 가지 더 말한다면 의상 또한 어떠한가? 늙은이나 젊은이나 뚱뚱하나 날씬하나 색깔만 다르지 다 같은 패션이다. 옛날에는 의복으로 그 사람의 신분을 알아보았다고 했는데, 그렇다고 옛날 고무신이 좋다고 지금도 고무신을 신으라고 하는 말은 아니다. 넘침은 모자람만 못하다고 하지 않는가? 누군들 예뻐지고 싶지 않겠는가? 누군들 유행에 뒤처지고 싶겠나. 여자라면 누구라도 아름답기를 바란다. 그러나 아름답게 하는 것이 결코 잘생긴 얼굴, 화려한 장신구 값나가는 명품이 아니다. 눈이 좀 작고 코가 좀 낮으면 어떤가 또한, 유행에 뒤처진 차림새라 할지라도 자기 내면을 가꾸어온 사람은 우아함이 있다. 마치, 한 폭의 동양 난(蘭)을 보는 듯 고고한 기품이 있다.

그래서 링컨은 나이 사십이 되면 자기 얼굴에 책임을 지라고 했다. 그만큼 내면을 잘 가꾸어온 사람은 우아하다. 나는 이런 내면이 아름다운 분과 가까이하고 싶다. 그리고 그런 사람을 닮고 싶다.

많은 생각을 부여해 주는 브라우닝의 시 한 구절이 생각나는 아침이다.

세월과 함께 늙고 지고

가장 좋은 것 아직 오지 않았으니

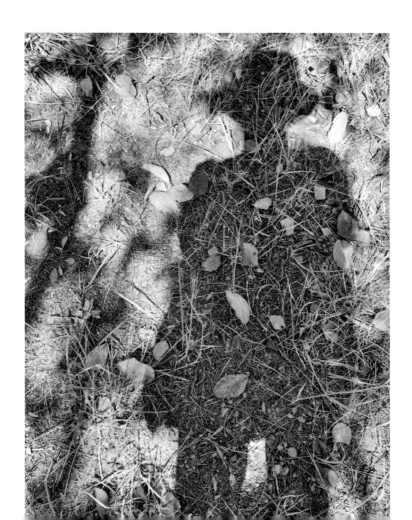

고독한 길

　하나님께선 나에게 다른 사람보다 몇 배나 큰 눈물주머니를 주신 것 같다. 이제 더 울 일이 없을 거야 하면 또 서러워 다 내려놓았나 싶으면 아직도 오기와 자존심이 나를 힘들게 한다. 그러고 보면 인간은 어디까지나 혼자라는 것, 피를 나눈 부모도 형제도 내 속으로 낳은 자식도 마찬가지이다. 내 마음을 알아주지도 이해하지도 못한다. 심지어 늘 함께 붙어 있어 더 많이 이해해줘야 할 남편이 야속하다. 평생을 같이 살아도 어쩔 수 없는 타인이라는 사실 앞에 울컥 가슴이 시리다.

　나는 모든 것을 내려놓고 멀리 떠나기로 마음을 먹었다. 아무도 모르는 곳에서 다시금 새로운 삶을 살고 싶어서다. 내가 하던 일을 송두리째 접으려고 마음을 먹게 한 것도 사실은 남편(가족) 때문이다. 늘 혼자 문학모임이다, 문학기행이다, 교회 봉사다, 바쁘게 돌아다닌 것이 미안했고 눈치가 보였다. 늦었지만, 지금부터라도 시간에 쫓기지 않고 자유롭게 노후를 보내고 싶어서다. 생각해 보면 사실 봉사도 나를 나타내기 위한 것이었다. 늘 시간에 쫓기고 마음의 여유와 기쁨도 없이 돌아다닌 것은 분명 외식하는 자였었다.

　그래서 내린 결론이 멀리 떠나야겠다는 것이다. 그 자리에서 모든 것을 비운다는 것은 쉽지 않다. 모든 것을 버리고 내려놓고 떠나자는 생각을 굳혔다. 여기서 더 욕심을 부린다면 햇살 잘 들고 뜰이 있는 시골의 오두막집이라도 있었으면 하는 바람이다. 사실 결혼 후 대가족이 살다 보니 정작 둘만의 문제보다는 거의 타인에 의해 작고 큰 시비가 그칠 날이 없었다.

　나는 마음 한구석 늘 혼자만의 쉼이 필요했었다. 심지어는 아무도 살지 않는 무인도에서 혼자 살고 싶다는 생각을 했었으니까, 하지만 현실은 나의 마음을 받아 주질 않았다. 크게 마음을 먹고 결단하기까지는 참으로 어려운 점이 많았다. 시골로 내려가자고 마음은 먹었지만 쉬운 일은 아니다. 이런 내 작은 소원도 현실에서는 무리인지라 적잖이 실망이 되었지만 그다지 욕심스러운 생각이 아니라면 하는 믿음이 있다.

셰익스피어는 이렇게 말했다. "인생은 너무 이르면 알 수 없고, 알고 나면 너무 늦다." 조금은 늦은 감이 있지만, 지난날의 부족함을 가식이 아닌 진정 낮게 무릎 꿇어 하나님께 참회하는 마음과 조용히 가족을 위해 헌신하고 싶은 생각이다. 지난날의 실수를 아무렇지도 않게 험담이 아닌 웃음으로 묻어 이야기할 수 있는 그런 마음의 여유를 간절히 바라는 마음이다.

가족을 위해 헌신이라는 말이 거창하게 들리겠지만 말인즉 나의 주장과 욕심을 내려놓는다는 것이다. 또한, 이참에 평소 보고 싶었던 책도 맘껏 보고 차분히 글 쓰는 일에 전념하고 싶은 마음이다. 이런 내 진심을 몰라주고 반대만 하는 남편과 시골 생활을 접해보지 않은 아이들에게는 더더욱 이해되지 않는 일인 듯 반대가 심하다.

이 가을 나는 몹시 쓸쓸하다. 온몸에 한기가 몰려온다. 오늘만이라도 누구에게도 방해받지 않는 곳에서 혼자만의 시간을 보내고 싶다. 일상을 바쁘게 사는 이들에겐 참으로 사치스러운 말이겠지만 말이다. 어느덧 냉기가 목덜미를 감돈다. 며칠 전만 해도 도시가 온통 노란 은행잎이더니 무심한 가을은 뒤도 돌아보지 않고 떠날 준비를 한다.

내 몫

어린 시절
공사장 여기저기 버려두었던 수로관 속
정신없이 놀다 친구들 다 돌아간
혼자 남았을 때의 난감했던
그러나 좋았던 그 완벽한 고요

가끔 입안에 침전물 뱉어내듯
그 무엇을 비워 내는 것은
스스로 섞이지 못하는 질감 때문이라고
한솥밥을 먹는다고
생각이 다 같을 수야 없는 것
누렇게 익어가는 한 필지의 논에도
군데군데 푸른 것들이
상처처럼 꽂혀 있는 것
천 년을 함께 해도 나눠질 수 없는

그래서 이따금 타인 같아 눈물 난다

겨울해가 기운다

시골로 내려온 지 1년이 조금 지난 것 같다. 복잡한 서울을 떠나 한적한 시골 생활을 하다 보니 그동안은 생각지도 못했던 일들을 하나하나 돌이켜 보게 된다. 커피 한 잔을 들고 뜰에 나가 많은 생각을 한다. 앙상한 나뭇가지 사이로 살가운 햇살이 뜨락 가득 내려앉는다. 지금까지 살아오면서 작고 큰 감정의 앙금으로 마음의 문을 닫아걸고 등을 돌린 채 소원해진 사람들이 오늘따라 연민으로 다가온다.

그동안 이기적인 생각으로 옹색하게 살아온 내 삶이 회한으로 다가온다. 왜 그리도 혼자만의 연민에 빠져 상대를 이해하지 못했을까? 나로 인하여 많은 사람이 상처를 받았다고 생각하니 세상을 몰라도 너무 몰랐었던 것 같다. 주위 사람들을 품을 줄 모르는 이기적인 성품 때문에, 툭툭 뱉어버린 내 말에 찔린 그들의 상처가 지금도 아물지 않았을지도 모른다. 되돌아보니 후회와 회한만 남는다.

한 시대를 화려한 명성으로 쌓았던 솔로몬도 노년의 인생을 이렇게 노래했다. "헛되고 헛되도다. 모든 것이 헛되도다."라고. 또한 인생의 늦가을에 서 있던 노사도 바울을 생각해 본다. 그의 말년 또한, 외로웠던 것 같다. 믿었던 사람들의 배신과 상처 그럼에도 그는 술회하기를 "내가 처음 변명할 때에 나와 함께 한 자가 하나도 없고 다 나를 버렸으나 그들에게 허물을 돌리지 않기를 원하노라.(디모데후서 4:16)" 그는 오직 사랑하는 제자 디모데가 속히 와 주기를 바랐다. 겨울을 앞둔 노사도의 추위를 막아줄 겉옷과 영혼을 의탁할 가죽 종이에 쓴 책이 필요했을 것이다. 이렇듯 노사도 바울의 고백을 보면서 홀로 왔다 홀로 가는 것이 인생이라는 것을 다시금 생각해 본다.

그렇다면 잠시 나그네처럼 지나가는 이 세상을 무엇을 위해 무엇 때문에 그리도 아귀다툼으로 살아왔는지 잘날 것도 내 놀 것도 없는 이름 석 자를 위해서였을까? 산자락을 타고 넘는 바람 소리만도 못한 사탕발림의 칭찬과 박수 소리 때문이었을까? 지금 와 생각해 보니 그 칭찬의 소리가 모두 부질없었다는 것을, 이것을 깨닫기까지는 많은 시행착오를 겪었다.

아직도 설익은 과일처럼 나는 어설프다. 앞으로도 얼마나 더 용광로 벌건 불에 담금질을 해야 할지 모르겠다. 여전히 무쇠에 불과한 나.

오늘도 노루 꼬리만큼 짧은 겨울해가 서서히 석양 속으로 사라진다. 과거로 묻힐 이 시간까지도.

라떼

입술에 묻어나는
라떼 커피
입술 안으로 녹아내린다
어찌하리
어설펐던 내 젊은 날
허영의 거품 같은 것
가을 햇살 아래
그저 투영해 볼 뿐인 것을

겨울나무

　가을이 깊어지고 무성했던 잎들이 엷고 짙은 다갈색으로 말라가면 성큼 바람이 겨울을 앞세워 의기양양하게 들이닥친다. 마음도 몸도 얼어붙게 하는 을씨년스러운 겨울이다. 그러나 나무는 조금도 위축되지 않고 자연에 온몸을 맡긴다. 바람이 온 산천을 흔들고 온 마을을 흔들어 놓는다. 이런 자연의 변화를 가까이에서 볼 수 있어 감사하다.

　그러나 시골 생활은 불편하다. 대화의 공통점과 공감할 수 있는 친구가 없다는 것은 참으로 나를 슬프게 한다. 하지만 자연을 통하여 깊이 사색할 수 있다는 것은 모든 불편함을 참을 수 있게 한다.

온천지에 낙엽이 날리고 마침내 나무는 빈 몸이 된다. 낙엽이 쌓여 있다는 것은 나무들이 벌거벗고 있다는 뜻이다. 낙엽은 이슬에 젖고 눈비를 맞으며 시나브로 썩어지고 흙으로 돌아간다. 진정 나무의 정신을 고스란히 간직한 나무의 분신이다.

무성했던 여름의 영화를 접고 이제는 알몸으로 서서 삭풍 한설을 대비해야 하는 나무, 언제든 당당하고 두려워하지 않는 것이 나무다. 벗었다고 위축되지 않는다. 부끄러워하지도 않는다. 비밀도 없고 감출 것도 없으니 당당할 수 있지 않은가? 나무는 겹겹이 위선과 외식의 옷으로 치장할 줄 모른다. 치부를 가리기 위해 허울 좋게 과장하지도 않는다. 여름날의 화려함을 자랑하지도 않고 잘 입었다고 교만하지도 않는다. 나무는 그저 자연의 섭리에 순응할 뿐이다.

나무에는 참고 견디며 기다릴 줄 아는 인고의 정신이 있기 때문이다. 칼날 같은 바람에도 굴하지 않고 꿋꿋이 하늘을 보고 서 있는 것은 그의 지조요, 벌거벗고도 부끄러워하지 않는 것은 그의 떳떳함이다. 원망도 절망도 모르는 것은 그의 넉넉한 마음에 간직한 푸른 꿈이 있기 때문이다. 자연의 섭리를 온몸으로 받아들이는 나무는 절대 경망스럽지 않다. 그 안에 생명을 잉태하고 있는 푸르름이 있기 때문이다. 그 어떤 치장도, 저항도 없이 맨몸으로 겨울 하늘을 이고 서 있는 나무는 태생적인 아름다움이 있다. 잎을 떨어뜨려야 하는 상실의 아픔을 안으로 삭인 채 다시 생명을 잉태해야 하는 사명감이 있다.

그러나 그것이 비록 순환의 이치에 순응하는 섭리라 해도 어찌 고단함이나 아픔이 없겠는가? 비워 내는 그 과정이 가슴이 아리다 못해 눈물이 난다.

바람을 맞고 서 있는 나무에서 진한 애태움이 감동으로 밀려온다. 오늘도 바람이 분다. 덜커덩덜커덩 대문을 흔드는 바람, 마당 구석진 곳에 낙엽이 수북이 쌓인다.

나무도 나도 봄을 기다린다.

회한

시골로 내려온 지 꼭 두 달하고 육 일째이다. 그동안 이것저것 손 볼 일이 많아 정신없이 시간이 지나갔다. 어느새 성큼 여름으로 접어들었다. 한바탕 지나간 소나기에 앞산 뒷산의 푸르름이 더욱 싱그럽다. 도회지에서는 계절의 변화를 못 느끼고 지나갈 때가 많다. 바쁘게 살다 보니 그렇고 자연을 가까이에서 접하지 못하다 보니 그것이 피부로 느껴지지 않음에 그럴 수 있다. 싱그러운 바람이 지나간다. 그동안 느껴보지 못했던 자연의 소중함을 다시금 생각해 본다.

아무도 없는 빈집의 호젓함이 마음의 여유를 준다. 그때는 몰랐던 일도 지나고 나면 모든 것이 소중하다. 또한, 사람도 늘 함께 있으면 귀한 줄 모른다. 멀리 떠나고 난 뒤 비로소 빈 자리가 크다는 것을 느낀다. 나 또한 이렇듯 멀리 혼자 생활하다 보니 가족이 그립고 잘하고 못한 것이 파노라마처럼 머릿속을 스쳐 간다. 그리고 회한으로 다가온다. 부부, 자식, 형제, 이웃과의 관계를 생각하며 그때는 전혀 생각지 못했던 일들이 홀로 있다 보니 모두가 소중해진다.

지금 와 뒤돌아본 나의 모습이 어설프다 못해 바보 같다. 특히 자식과의 사이에서 내가 낳은 자식이라고 함부로 대하고 말한 것이 큰 후회로 남는다. 자식은 내 소유물이 아니라는 것을 잘 알면서 왜 그랬을까? 그들이 아파하며 받았을 상처를 생각하니 부끄럽고 가슴에 한으로 남을 것 같다. 왜 진작 이런 시간을 갖지 못하고 늘 쫓기듯 살았을까? 가슴 한쪽 회한으로 다가온다.

이만큼 살아보니 부모도, 자식도, 모든 세상의 일이 그저 되는 것은 하나도 없는 것 같다. 부모가 되는 것도 자식이 되는 것도 많은 시행착오를 거쳐야 한다는 것을.

인생을 절반쯤 살았다면 과감하게 인생의 짐들을 정리해야 한다. 그러나 나는 절반을 더 살았음에도 정리하지도 내려놓지도 못했다. 삶의 주된 목적이 아닌 전혀 무관한 것들을 포기하지 못한 채 끌어안고 살았으니 말이다. 너무 많은 것을 소유하고 있으면 무엇이 중요한지 결정하기에 혼돈을 가져온다. 인생살이가 잠시 쉬어간다고 남들보다 뒤처지는 것도 아닌데 동분서주 바쁘기만 했다.

이제부터는 쉬엄쉬엄 나를 돌아보며 많은 것을 생각하고 깨닫는 시간이 되었으면 한다.

나무가 운다

신갈나무에 햇살이 내려와
어정거린다
어디서 왔는지
딱따구리 한 마리
머리를 처박고 나무를 쪼아댄다
명치끝이 아팠는지
나무도 이참에
소리 내어 텅텅 운다
그렇게 울고 싶을 때가 있었나 보다

누이의 속치마 같은 찔레꽃은 피었는데
내 울음은
자꾸만 목울대에 걸려있다

아직도
노래를 하는지
푸념을 하는지
딱따구리 연신 나무를 쪼아댄다

나무가 텅텅 운다

나사렛 예수

주님! 이 가을엔 끝까지 숨기고 싶었던 부끄러운 허물 당신께 고백하고 싶습니다. 그리하여 흘러가는 저 구름처럼 가벼워지고 싶습니다.

지금까지 저는 당신을 하나의 장신구처럼 제 몸에 달고 다녔음을 고백합니다. 당신의 말씀을 빌려 입으로는 사랑하노라 하면서 얼마나 많은 이웃을 정죄했는지 모릅니다. 군중들 소리에 빌라도처럼 손을 씻는 유치하고 비겁한 겁쟁이입니다. 사실 하루의 양식밖에 허락되지 않음을 알면서도 채우지 못할 욕심 때문에 오늘도 동분서주 바빴음을 고백합니다. 또한 당신을 밀어내고 턱 하니 주인 노릇을 했습니다. 이 고약한 구제 불능인 저를 그런데도 여전히 사랑하시는지요. 염치없고 뻔뻔한 제가 또다시 용서를 구합니다.

이 가을 당신으로 묵상하고 싶습니다. 당신으로 사색하고 싶습니다. 당신으로 사랑하고 싶습니다. 진실로 당신으로 고독해지고 싶습니다. 갈릴리 먼 바닷가까지 베드로를 찾아가셔서 밤새 빈 그물만 던진 피곤한 베드로의 어깨를 토닥여 주시며 하신 말, "요한의 아들 시몬아, 네가 나를 사랑하느냐."라고 하신 주님 저에게도 찾아오시어 말씀해 주지 않으시렵니까?

"내가 주를 사랑하는 줄을 주께서 아시나이다."라고 대답한 베드로가 이 가을 부럽습니다. 주님, 부디 이 가을 저에게도 물어 주십시오. "네가 나를 사랑하느냐?"라고 물으신다면 저는 기꺼이 "주님, 제가 주님을 사랑하나이다."라고 대답하겠습니다.

질그릇

먼지로 빚은 몸임에도
더러는 무게를 못 이겨 기우뚱한다
내 한 생에
흙으로 빚어진 질그릇임에도
당신과 함께 있어
빛나고 있음을 감사한다
그럼에도 내 발꿈치를 따라오는
끈질긴 꼬드김에 때론
보암직한 그곳에 그만 퍼질러 앉고 싶어
펄펄 신열 오른 이마를 짚는다

아직 가야 할 나의 남은 길
부디 봄물처럼 부푸는 사랑이
키를 넘는 갈망이 계속되기를

제3부

속사람

이런 날

어느 시인은 이렇게 노래했다

뼈 오롯이 추려 시시시시시 이렇게 놓아다오
봉분이랑 돋우지 말고 평평하게 밟아다오
내 피를 먹은 풀뿌리들이 짙푸른 빛으로 일어서도록
벌레들 날개가 실해지도록
가지런히 썩은 시(詩) 字를
이슬이 먹고 새들이 먹고 구름이 먹고
자꾸자꾸 먹고 먹어서 천지에 노래가 가득하도록

–정숙자의 『무료한 날의 몽상』 중 시 「뼈 오롯이 추려」

가끔 시가 써지지 않는 날엔 훌쩍 어디론가 떠나고 싶다. 웃음이 참 고왔던 내 어머니가 그립다. 아무렇게나 놓여있는 손때 묻은 어머니의 시골집 뒤주도 궁금하다. 수수수 밀리어 수북이 댓돌에 등을 기대고 있던 나뭇잎을 보다 울컥 이유 없는 서러움에 눈물 나던 내 유년도 그립다.

시가 써지지 않는 날 햇살이 조찰하게 비쳐드는 창 너머 노란 은행잎 하나 노신사 중절모에 나비처럼 내려앉는다.

사람아

적요가 떨치는 외딴 길
한 마리 왜가리 주뼛주뼛 길을 간다
끝나지 않은 하루
아직 남았는데
걸어온 발은 너무 아프다

만상이 흘러가는 빈 들에
바람 들어 버려진 무 한 뿌리

울지 마라
서러워 울지 마라 사람아
울지 마라
따라서 울지 마라 사람아

보너스

시골로 내려온 첫해 감나무도 전지를 해주어야 한다는 주위 사람들 말만 듣고 아무런 사전 지식도 없이 나무를 마구 잘랐다. 이 감나무 자기 딴엔 얼마나 많이 아팠는지 열매를 통 맺질 못하고 몇 년 동안 성장을 멈춘 채 크질 못했다.

그런 감나무 드디어 올해 열매를 달고 의젓하게 서 있는 것이 아닌가! 너무 신통하고 감사한 마음에 감나무에 아낌없는 박수를 보낸다. 그러니 무엇이든 알려면 확실하게 알아야지 선무당이 사람 잡는다는 말 그대로다. 하마터면 감나무를 죽일 뻔했다. 그동안 얼마나 아팠을까 그리고 얼마나 버티느라 힘들었을까. 내심 감나무에 미안한 마음에 애정 어린 눈길을 준다.

가을이 접어들고 선선한 바람이 일어 제법 가을임을 느낄 때 누릇누릇 변해가는 잎새 사이로 붉은 감이 하나씩 둘씩 보이기 시작했다. 나는 너무 반가워 와! 하고 어린아이처럼 환호성을 질렀다.

새벽이면 산까치의 소프라노 소리와 산비둘기의 둔탁한 베이스 화음이 그야말로 작은 음악회라도 열리는지 소란스럽다. 아마도 새들도 자

58

기들만의 언어가 있는지 처음에는 한두 마리가 날아오더니 어느 날은 떼를 지어 날아온다. 감을 쪼아 먹으며 노래를 하는지 수다를 떠는지 야단법석이다. 도회지에서는 볼 수 없는 새로운 볼거리를 보며 나는 이 가을 새떼들을 보다가 보너스로 눈이 시리도록 깊고 푸른 하늘도 본다. 가을이 주는 청량함을 맘껏 누린다.

행복이라는 것은 비단 물질에서만 오는 것이 아니다. 그렇다고 높은 지위와 명예도 아니다. 우리가 늘 접하는 소소한 일상에서의 행복과 기쁨이 진정한 행복이 아닌가 싶다. 시골에 내려와 살다 보니 누구와 누구를 비교하지 않아서 좋다. 시골 살림이 다들 고만고만하다 보니 누구와 비교도 안 될뿐더러 가히 욕심 부릴 필요성을 느끼지 않아서 좋다.

시골 사람들은 소박하고 유순하다. 이분들과 함께 어울려 살다 보니 나 역시 마음이 유순해짐을 느낀다. 시골 생활이 더러는 불편함도 있다 하지만 좋은 점이 더 많다. 그러니 웬만한 불편함 쯤이야 잊고 산다. 더불어 자연이 주는 기쁨이 크다.

오늘도 부질없는 욕심을 내려놓자.

곡선의 미학

바람이 나뭇잎을 흔들고 지나갑니다

가을 들녘 여기저기

풀씨 터지는 소리가 들립니다

노을을 등지고 걷는 빈 들녘 길은

곡선의 미가 있습니다

곡선의 길은 여유와 인정이 있습니다

수채와 같은 풍경과 풍광이

메마른 정서를 터치합니다

그러나 직선의 길은 지루합니다

서둘러 걸어야만 할 것 같습니다

다리도 아프고 숨도 차며

조급하고 냉혹하며

비정할 것만 같습니다

깊어가는 이 가을

직선적인 사고의 틀에서

부드러운 곡선의 사고로

전환할 수 있었으면 좋겠습니다

마타리 노란 꽃이 가을 바람에 흔들립니다

어머님 두 손에

소국 한 다발을 안고 금방이라도 뛰어올 듯이 어머니! 여기는 비가 와요. 거기는요? 어머니! 어떡해요. 벌써 가을이에요. 귀를 청소하듯 들려오는 청량한 목소리 그런 이 아이 오늘은 눈물 왈칵 쏟으라고 깨알처럼 꼭꼭 눌러 쓴 손편지 한 통을 보내왔다. '어머님 두 손에'라는 봉투를 받아 들고 목울대를 타고 올라오는 무언가를 꿀꺽 삼켰다. 그렇구나! 어느새 가을이구나!

나는 가끔 이 아이로 인하여 묵상할 때가 있다. 사실 그 옆에 있는 아들을 위해서다. 내 눈에 보이는 아들은 철이 없는 것 같아서다. 까탈

스러운 아들 비위 맞추느라 더러는 화도 낼 만한데 명랑하고 유쾌하게 잘 참고 견디는 것이 여간 기특한 것이 아니다. 타고난 성품이 유쾌하고 귀여운 아이라 주위 사람들을 행복하게 해준다. 사실 우리 집 식구들은 우울한 성격이다. 누가 먼저 말을 걸어와야 겨우 이야기를 하는 성격이다. 그런 우리에게 이 아이는 마치 초여름의 풀잎처럼 싱그럽다. 그리고 매우 긍정적인 사고를 지니고 있다.

아무튼, 나는 이 아이를 며느리를 떠나 많이 좋아한다. 특히 그 좋은 성격을 닮고 싶다. 나는 내 손녀들이 유쾌하고 긍정적인 자기 엄마 성격을 닮았으면 하고 내심 바랐다. 그런데 감사하게도 바라는 대로 손녀들도 유쾌하고 명랑하여 아이들만 생각하면 저절로 기쁘고 행복하다.

그런 이 아이 오늘 꼭꼭 눌러쓴 '어머님 두 손에'라는 손편지를 보내와 내 눈에 눈물 쏙 빼게 했다.

그래, 현희야! 고맙다.
문득, 미당 서정주 선생님의 시가 생각난다.

푸르른 날은

눈이 부시게 푸르른 날은
그리운 사람을 그리워하자

저기 저기 저 가을꽃 자리
초록이 지쳐 단풍 드는데

눈이 내리면 어이할리야
봄이 또 오면 어이할리야

네가 죽고서 내가 산다면
내가 죽고서 네가 산다면

눈이 부시게 푸르른 날은
그리운 사람을 그리워하자

여백

우리는 무엇이든 가득 채우려 합니다. 그러나 삶엔 여백이 필요합니다. 포만 상태는 곧 죽음이기 때문입니다. 너무 많은 것을 보고 생각하는 것도 영혼의 공해입니다.

나무를 보십시오. 나무는 순환의 이치를 알고 때를 따라 비워야 함을 알고 있습니다. 노란 은행나무 잎을 보십시오. 떨어지는 모습이 가히 귀족적입니다. 노련한 무희의 춤을 연상케 합니다. 황금색 잎사귀들이 공중에서 난무하다가 사뿐히 지상에 내려앉습니다. 그 화려한 황금의 영화를 접는 순간이 마치 순교자처럼 고귀하게 느껴집니다. 다 떨어뜨린 앙상한 가지 사이로 맑은 하늘이 눈에 들어옵니다.

잎사귀들을 삭풍에 다 날려 보낸 청빈의 모습을 보여 주고 있습니다. 겨울나무에서 우리는 인생의 철학을 배웁니다. 엄동설한에도 꿈쩍하지 않고 굳게 지조를 지키는 나무에서 삶의 한 부분을 보게 됩니다. 여름날 시퍼런 잎들이 무성할 때는 잘 보이지 않던 먼 곳의 사물도 비워 낸 후에야 볼 수 있습니다. 나무의 본색이 단풍 든 색이라면 나무는 얼마나 그 아름다움을 뽐내고 싶었을까 생각합니다. 그러나 묵묵히 본색을 감추고 있는 나무는 절제의 미덕이 있습니다. 함부로 자랑하지 않습니다. 분수에 넘치는 과욕은 자신을 볼 수 없다는 것을 가르쳐 줍니다.

직립의 나무들을 보십시오. 그들은 어떤 고난과 시련에도 자리를 옮기지 않습니다. 주어진 자리에서 최선을 다한다는 것입니다. 여름날 부서지는 태양의 잔광에도 겨울날 버겁게 눈을 이고 있는 나무는 무겁다고 불평하지 않습니다. 그런 나무를 보고 있으면 조용히 두 손 모아 기도하고 싶습니다. 한 권의 시집이 손에 쥐어진다면 아무러면 어떻습니까? 주어진 여생을 가난하더라도 시인처럼 살고 싶습니다.

모든 것을 내려놓을 때 비로소 깊은 내면에서 들려오는 양심의 소릴 들을 수 있기 때문입니다. 그렇기에 우리는 늘 그립고 아쉬운 삶의 여백이 필요합니다.

연꽃

두물머리에 있는 세미원으로

연꽃을 보러 갔다

바람결에 묻어오는 향기가 맑다

후드득 지나가는 소나기에

사발만 한 잎

모으기보다는

버리는 저울질에 익숙한지

굴러드는 물방울을 연신 비워 낸다

흙탕물에 뿌리내린

얽히고설켜 가지 치지 않은 것

아무 말 하지 말자

보고만 있어도 가르침은 넉넉하니

속사람

나는 가끔 길을 가다 내가 어디쯤 와 있는지 허둥댈 때가 있다. 이렇듯 세상일 다 아는 듯 마구 달려와 놓고 막상 되돌아갈 수 없는 길 앞에 황망해 하는 것이 우리네 인생이 아닌가 싶다.

유년시절 내일이면 또다시 만날 친구의 뒷모습이 아쉬워 한동안 어깨를 들썩이며 울었던 어린 날이 있다. 그런 내가 지금은 누군가 나를 향해 한발 다가오면 뒤로 한발 물러나는 버릇이 있다. 그 사람에게 배타적으로 대하는 습관이 있다. 언제부터인가 어린 날의 순수한 모습은 사라지고 사람을 만나면 서둘러 집으로 돌아오는 버릇이 생겼다. 사람에게서 실망하면 오랫동안 그 상처가 나를 아프게 한다는 것을 몸이 기억하는 것이 아닌가 싶다.

사실 나는 사람을 좋아한다. 그리고 사람들의 말을 잘 믿는다. 모든 사람은 다 나와 같은 생각일 것이라 믿고 살아왔다. 그러니 이런 내 생각이 얼마나 어리석고 바보 같았는지를 알기까지는 많은 시간이 걸렸다. 스스로 좌절하고 연민에 빠지기도 했다. 상대에게 상처를 주고 나 역시 상처로 아팠다.

가끔 가식적인 웃음으로 상대를 대하는 내 모습에서 몹시 화가 난다. 나의 겉은 위선자의 모습이다. 옛말에 열 길 물속은 알아도 한 길 사람 속은 모른다는 속담이 있듯이 나의 속마음을 사람들은 모를 것으로 생각하며 살아왔다. 하지만, 성경은 "감춘 것이 드러나지 않을 것이 없고 숨긴 것이 알려지지 않을 것이 없다.(누가복음 12:2)"라고 말한다.

나는 때로 이런 생각을 한다. 내가 소돔의 여인처럼 많은 것을 버리고 가야 할 처지였다면 어떻게 했을까? 또한, 군중들의 고함 소리에 난처해하던 빌라도의 입장이었다면 어떠했을까? 그 많은 물질을 두고 단호하게 돌아서지 못하여 소금기둥이 되어 버린 소돔의 여인을, 예수는 죄인이 아니라고 단호히 말하지 못했던 빌라도를 말이다. 내가 그 입장이었더라도 솔직히 자신이 없다, 그리고 나 자신에 화가 난다.

오늘도 소금기둥이 되어버린 소돔의 여인과 우우 군중들 소리에 손을 씻던 빌라도에게서 소름 끼치도록 밀려오는 연민을 느낀다.

노을이 곱다.
이 저녁 따뜻한 차 한 잔에 허물까지도 웃어 줄 수 있는 그런 사람이 그립다.

존재의 떨림

계절의 길목

목발을 짚고 서 있는 가로수

꿈을 꾸듯

윤곽만으로 떠도는 묵시의 거리

어느 여가수가 부르는

이별의 노래처럼

조금은 슬프게

음률에 맞추어 비가 내린다

후드득 한기로 몸을 떠는 핏빛 나뭇잎

악장처럼 떨어진다

발에 밟히는

작은 존재의 떨림에서

예수의 옷자락 한끝을 잡았던

한동안 어깨를 들썩였을

여인의 비릿한 피 냄새가 난다

쓸쓸히 밟히는 낙엽

차라리 경건한 의식이며 종교다

가을이 주는 넉넉함

작년에 심어 놓은 감나무에 첫 열매로 감 세 개가 세 쌍둥이처럼 달렸다. 묘목을 파는 분이 감나무는 심어 놓고 삼 년이 넘어야 감이 달릴 것이라 했다. 그런데 두 해째에 열매를 맺어 신통하기도 하고 감사한 마음이 큰 것 같다. 제법 빨갛게 익어가는 것을 보고 있으면 한껏 부자가 된 듯하다.

그런 어느 날 집을 비워야 할 일이 있어 며칠 다녀왔더니 웬걸, 주인 부재중인 집에 까치란 놈이 그중에 제일 때깔 좋은 것을 골라 아주 맛나게 콕콕 쪼아 먹은 것이 아닌가? 순간 '햐! 이것 봐라. 주인이 손도 안 된 것을 네가 먼저 먹다니 이 건방진 놈을 보았나.' 그러나 생각해 보니 가을은 풍요의 계절이다.

사람이란 곳간에 곡식이 가득하면 먹지 않아도 배부르다는 말이 있다. 가진 자의 마음은 늘 여유가 있다는 것이다. 비단 물질만이 아니다. 마음이 넉넉한 자는 가시 같은 말을 들어도 그 가시를 삭일 줄 아는 지혜가 있다. 하지만 마음이 가난한 자는 옳은 말을 해 주어도 그 말에 상처를 받는다. 마음의 여유가 없다 보니 생각의 폭이 좁은 것이다.

어느 시인은 '가을엔 기도하게 하소서'라고 했다. 가을의 넉넉함을 시인은 알았다. 가을은 오곡이 익어 풍요롭다. 그러기에 사람들의 마음도 넉넉하다. 주인도 없는 감을 함부로 먹었지만, 가을이니까 용서하자. 이왕이면 맛나게 먹어주길 바란다. 세 개니까 하나쯤은 객도 먹어야지.

해바라기

뿌리에 생을 둔

천성이 착한 해바라기

먼 길 떠나는 자식

저만치서 목을 빼어 바라보던

아버지 같은

한 시절 피멍으로 익혀낸

까만 씨앗

우르르 터지는 속 말

슬며시 햇살 등 뒤로 숨기운다

고무줄 느슨해진

아버지 속옷처럼

잎사귀 다 떨어진 해바라기

이미 늙어 쇠잔하지만

긴 기다림

알알이 깊어진 마음

그래도 가슴은 환하다

제4부

중남미 문화원

사람과 삶

옛날 어른들은 어린아이 눈빛만 봐도, 귓불만 만져보고도 그놈 큰일 좀 하겠네! 라는 말씀을 하셨다. 이렇듯 커가는 아이들의 그릇의 크기와 성품까지도 짐작하는 것으로 보아 오랜 경륜은 무시할 수 없다.

말씀에 보면 달란트의 비유가 있다. 어떤 사람이 먼 길을 떠날 때 자기의 소유를 종들에게 맡긴다. 다섯 달란트, 두 달란트, 한 달란트를 종들에게 각각 맡기고 먼 길을 떠난다. 그 후 주인이 돌아와 종들을 부른다. 그때 다섯 달란트 받은 자는 장사를 하여 곱절로 이익을 보았노라고 한다. 주인은 매우 기뻐하며 충성스러운 종이라 칭찬을 한다. 두 달란트를 받은 자도 매한가지로 곱절로 이익을 만들었노라고 하자 그 또한 충성스러운 종이라 칭찬하며 매우 기뻐한다.

반면 한 달란트를 받은 종은 두려운 마음에 그 한 달란트를 땅에 묻어 두었노라고 한다. 주인은 매우 노하여 악하고 게으른 종이라 호통을 치며 문밖으로 쫓아내 그 한 달란트를 빼앗아 장사하여 배로 이익을 남긴 종에게 더 주었다.

나는 이 말씀과 신영복 선생님의 『사람과 삶』이라는 책의 글을 같은 맥락으로 연결해 보려 한다. '사람의 준말이 삶이기 때문입니다. 일생 사람이 경영하는 일의 70%가 사람과의 일입니다. 좋은 사람을 만나고 스스로 좋은 사람이 되는 것이 삶을 아름답게 만들어 가는 일이라고 합니다.' 나는 신영복 선생님의 책 『사람과 삶』을 읽으며 인간관계에 대하여 많은 것을 생각해 보았다.

예수께서는 제자들을 향해 깊은 곳에 그물을 드리우라 하셨다. 말이 그렇지 깊은 곳으로 가려면 위험한 일이 얼마나 많을 것인가. 그럼에도 깊은 곳에 그물을 드리우라고 하신 그 말씀 속에는 깊은 의미가 숨겨져 있다. 또한, 예수께서는 베드로를 향하여 사람을 낚는 어부가 되라고 하셨다. 이미 예수께서는 사람과의 관계가 어렵고 힘든 것을 알고 계셨다. 사람과의 관계, 사람을 낚는 일이 그다지 어려운 일이 아니면 굳이 사람을 낚는 어부가 되라고 하셨겠나. 사람이 경영하는 일의 70%가 사람과의 일이다. 그만큼 인간관계는 복잡하고 어렵다.

우리는 지금까지 너무나 좁은 안목으로 세상을 바라보고 살지는 않았는지 생각해야겠다. 특히 신앙인이라면 큰 안목으로 세상을 보아야 한다는 것을 말하고 싶다. 나 역시 아무런 생각 없이 지금까지 살아왔다. 오늘 비로소 나는 사람을 낚는 어부 이 말 속에 무한한 삶이 있다는 것에 놀랐다. 이쯤에서 과연 다섯 달란트와 두 달란트를 받은 자의 인간관계는 얼마만큼이었을까?

사람과의 관계 속에 진실하고 속되지 않은 삶을 살고, 좋은 사람을 만나고 스스로 좋은 사람이 되는 것이 바로 삶을 아름답게 만들어 가는 일이라는 것을.

긴 생각에 잠긴다.

사랑이 낳은 그 위대함

—타지마할

노트를 정리하다 오래전 인도를 여행하며 적어 놓은 낙서를 들춰보았다. 인도하면 끈적끈적한 비위생적인 뒷골목이 먼저 생각난다. 눈망울이 흑진주처럼 반짝이는 천진한 아이들이 어느 곳엘 가도 많다. 꼬질꼬질한 맨발의 아이들이 이방인들만 보면 어디라도 졸졸 따라다니는 모습은 참으로 애처롭다. 또한, 어느 행사에도 빠지지 않고 등장하는 꽃목걸이는 후각을 마비시킬 것만 같다.

교통수단이 발달하지 않는 나라다 보니 신호도 무시한 채 종횡무진 거리를 달리는 릭샤는 말하자면 인력거다. 사람을 태워 끌고 가는 것이 그들에겐 매우 힘든 일이지만 생계의 수단이니 많이 이용해 주는 것이 그들에겐 좋은 것이다. 그때 나는 끈적끈적한 날씨에 잠시라도 바람을 일으켜 땀을 씻게 해준 릭샤가 고마웠다. 그리고 아름답지만, 너무나 슬픈 러브스토리가 있는 인도를 기회가 주어진다면 다시 다녀오고 싶다.

무굴제국의 5대 황제인 샤자한은 왕비를 너무 사랑했다. 그는 전쟁터에까지 왕비를 데리고 다녔다고 한다. 얼마만큼이나 사랑했기에 생사를 넘나드는 곳까지 왕비를 데리고 다녔을까 싶다. 그런 왕비가 15번째 아기를 낳다 죽는다. 그는 그때부터 아내를 위해 타지마할의 무덤을 건축

한다. 세계에서 제일 아름다운 돌을 가져다 수많은 노동력과 국비를 들여 아내의 무덤을 짓는 일을 시작한다.

12세기 이후 인도는 이슬람의 침입이 본격화되고 티무르의 5세손 바부르에 의해 1526년 이슬람 왕국인 무굴제국이 탄생한다. 특히 샤자한 (1627~1658) 시기에는 이슬람 건축예술이 한창 번성하던 때이다. 그 시기의 타지마할, 아그라 성채, 델리의 붉은 성채 등 건축물이 많이 남아있다고 한다.

무굴제국의 위상은 대단했던 것 같다. 샤자한은 그토록 사랑했던 왕비의 무덤을 짓느라 세계에서 제일 아름답다는 돌을 가져다 무덤을 건축했다고 한다. 그러다 보니 나라 안에 얼마나 크고 작은 일들이 있었겠는가? 왕이 백성들은 돌볼 생각 않고 온통 왕비의 무덤 건축하는 일에만 빠져 있으니 나라꼴이 말이 아니었으리라. 결국, 아버지를 보고 있던 황제인 샤자한의 아들은 쿠데타를 일으킨다. 그리고 황제를 잡아 자기 어머니의 무덤 타지마할 북서쪽에 있는 아그라 성채에 가두고 만다. 아들의 손에 갇힌 샤자한의 그 심정은 어떠했을까?

그 후 그는 왕비가 묻혀 있는 타지마할 궁을 그리워하며 날마다 짐승처럼 울었다고 한다. 그나마도 유일하게 사랑하던 아내가 잠들어 있는 궁을 볼 수 있는 날이 바로 휘영청 달 뜨는 밤이라는 것이다. 타지마할 궁과 아그라 성 밑으로 쟈무나 강물이 유유히 흐르고 있다. 샤자한은

달뜨는 밤이면 그 위에 비친 타지마할 궁을 보기 위해 그날만을 기다린다. 달이 뜨는 밤이면 흐르는 쟈무나 강물 그 위로 비친 타지마할 궁을 바라보며 샤자한은 부인의 이름(속칭 '뭄타즈 마할')을 목이 터져라 타지마할! 타지마할! 몸부림을 치며 불렀다고 한다.

그때 왕비를 부르며 흘리는 샤자한의 눈물이 쟈무나 강물 위에 꽃잎처럼 뚝뚝 떨어졌다고 한다. 이 세상에 이토록 아름답고 슬픈 사랑이 또 어디에 있겠는가? 여자라면 누구라도 한 번쯤은 남자의 눈에서 꽃잎은 아니더라도 굵은 눈물 한줄기 흘리는 그런 애달픈 사랑을 받아봤으면 하는 마음이 있을 것이다.

아름다운 무덤 타지마할 그리고 거대한 성 아그라성체, 유유히 흐르는 쟈무나 강물 그 위로 꽃잎처럼 뚝뚝 떨어졌던 샤자한의 눈물.

사랑이 낳은 그 아름다운 성 타지마할……

잎만 무성한 무화과나무

며칠 전 전국에서 글과 풍류를 아는 문인들이 모이는 곳에 선생님 외 여섯 분과 함께 다녀왔다. 지금까지 내가 얼마나 우물 안 개구리였는지를 이곳에 와서 비로소 알게 되었다. 평소 생각했던 것보다 훨씬 실력 있는 분들이 방방곡곡에서 모여들었다. 형편없는 실력으로 명함도 못 내미는 자리에 왔으니 너무 부끄러웠다. 하지만 부끄러운 것은 따로 있었다.

우리 일행 중 사고로 의족을 하고 계신 분이 있었다. 거동이 불편하신 이 분을 함께 간 일행 중 여스님께서 도맡아 손과 발이 되어 주시는 것이 아닌가. 사실 주어진 시간 안에 글을 써야 하는지라 옆에 있는 사람 챙길 여유의 시간이 없다. 그럼에도 조금도 흐트러짐 없이 미소 띤 얼굴로 봉사하는 그 여스님을 보며 나는 많은 것을 깨달았다.

흔히들 말한다. 기독교는 배타적이고 남의 종교를 인정하질 않는다고. 이 말에 나는 자신 있게 말했다. 자기 종교에 확신과 믿음이 확고하여서라고. 그러나 생각해 보니 무엇이 믿음이고 무엇이 봉사와 헌신인지 일말의 책임감도 없이 무심하게 말만 했던 내가 아닌가? 조그만 일에도 브이 자를 흔들며 사진 찍기에 바빴던 모습이 떠올라 쥐구멍이라도 들어가고 싶은 심정이다.

말씀은 이렇게 말한다. "내 형제들아. 만일 사람이 믿음이 있노라 하고 행함이 없으면 무슨 유익이 있으리요. 그 믿음이 능히 자기를 구원하겠느냐. 만일 형제나 자매가 헐벗고 일용할 양식이 없는데 너희 중에 누구든지 그에게 평안히 가라, 덥게 하라, 배부르게 하라 하며 그 몸에 쓸 것을 주지 아니하면 무슨 유익이 있으리요. 이와 같이 행함이 없는 믿음은 그 자체가 죽은 것이라.(야고보서 2:14~17)"

하나님은 사랑의 하나님이시다. 그리고 공의의 하나님이시다. 사랑에는 반드시 헌신과 책임감이 함께 따라야 한다. 헌신과 책임감이 없는 사랑은 사랑이 아니라 위선이다. 그 사랑은 공허할 뿐이다.

잎만 무성한 무화과나무에 불과한 나를 어찌하랴.

낮아진다는 것은

세상에서 가장 낮은 곳이 바다다.

낮으므로 바다는 모든 물을 다 받아들인다. 큰 강이든 작은 실개천이든

가리지 않고 모든 물을 받아들임으로써 그 큼을 이루는 것이다.

－'노자의 도와 자연' 중에서

종교협잡꾼

오래전 일이다. 성경을 좀 더 체계적으로 배우기 위해 공부를 하기로 했다. 첫날 수업에 나오신 교수님께서 여러분 성경을 왜 배우려 하십니까? 라는 물음에 대답하는 사람이 아무도 없었다. 아니, 말을 할 수가 없었다. 공부하겠다고 온 학생들에게 대뜸 말씀을 왜 배우려고 하냐고 하니 모두가 멍한 얼굴일 수밖에. 한참을 지나 하시는 말씀. "기왕 성경을 배우러 왔으니 똑바로 배우시오. 어설피 배워 종교협잡꾼 되지 말고." 퉁명스럽게 내뱉는 말에 놀라 서로 얼굴만 쳐다보았던 기억이 난다.

그 후 나는 이 년 동안 나름 열심히 공부했다. 하지만 지금 아는 것이 없다. 그때 뭘 배웠는지 다 잊어버렸다. 그러나 그 교수님께서 말씀하신 종교협잡꾼이라는 말은 잊히질 않는다.

세상 사람들은 이렇게 말한다. 적어도 하나님을 믿는 자가 저래서는 안 되지 라고, 또는 믿는 사람이 더하다니까 라는 말을 들으면 쥐구멍에라도 들어가고픈 심정이다. 이 얼마나 민망한 일들인지, 당장 눈앞에 보이지 않는 하나님은 둘째 치고 보이는 사람들에게 얼마나 용서받지 못할 일을 하는지 성경은 이렇게 말한다. "누구든지 하나님을 사랑하노라 하고 그 형제를 미워하면 이는 거짓말하는 자니 보는 바 그 형제를 사랑하지 아니하는 자는 보지 못하는 바 하나님을 사랑할 수 없느니라.(요한일서 4:20)"

보이지 않는 하나님을 사랑한다고 하면서 눈앞에 있는 사람들의 마음을 얼마나 속였는지 그러니 이것이 외식하는 자가 아니고 무엇이겠는가 말이다. 눈에 보이는 이웃과 형제를 미워하고 멸시하는 자가 진정한 신앙인이라고 할 수 있느냐 말이다. 그래서 그 교수님께서는 누차 말씀하셨을 것이다. 종교협잡꾼 되지 말라고.

오래전 신문 기사의 내용이다. 일찍이 오스트리아에서 20대 후반 젊은 청년기에 한국에 오셔서 70세가 넘도록 40여 년간 소록도에서 한센병 환자들을 간호하며 그들과 생애를 함께 하시며 봉사하셨던 두 분의 수녀님 이야기이다.

나이가 들어 본인이 할 수 없는 일을 남이 대신해 주어야 할 나이가 되니 이웃에게 부담을 준다며 본국으로 떠나신다는 내용이었다. 그동안 수백 장의 감사장과 공로패를 주려 하였지만, 한사코 사양하고 오직 국민훈장과 모란장만 전달되었다고 한다. 세상이 주는 공로와 명예는 진정한 봉사가 아니라는 것을 우리에게 보여 주신 것이다. 이분들이야말로 진정 사랑과 헌신을 몸소 행하신 분들이 아닌가 싶어 저절로 고개가 숙여진다.

이쯤 살다 보니 그 교수님께서 기왕 배우러 나왔으니 똑바로 배우시
오. 어설피 배워 종교협잡꾼 되지 말고 호통을 치셨던 그 말씀, 다른 것
은 기억 못 해도 좋다. 내가 사는 동안 종교협잡꾼, 이 말이 나를 따라
다니며 가시처럼 찔러 주길 바라는 마음이다.

말 그리고 인격

요즘 〈팬텀싱어〉라는 프로를 즐겨보고 있다. 물론 노래도 잘 해야겠지만 무엇보다 팀워크의 중요성을 잘 보여 주고 있다.

사실 서로가 경쟁 상대임에도 조금도 비겁하다거나 추하게 보이지 않는 것은, 음악은 물론이고 무엇보다 바른 인격의 소유자들이라서 할 수 있음이다. 합숙을 하며 서로의 마음 밑바닥 부끄러운 치부까지 드러내 격려하고 함께 아파하며 다독이는 모습을 보며 보는 이들도 치유를 받는다. 그들의 나누는 품격 있는 한마디 말이 서로에게 힘이 되는 것을 보며 말의 중요성과 그 말의 힘이 얼마나 큰 지를 깨닫는다. 그들이 귀만 즐겁게 하는 것이 아니라 사람들의 마음까지 정화시킨다는 것에 더 큰 감동이 된다.

우리는 너나 할 것 없이 공동체의 일원이다. 첫째 가정이라는 공동체 나아가 학교, 직장, 이웃 등등이 있다. 여기서 건강한 공동체를 세워나갈 수 있는 것은 바로 말이라 할 수 있다. 한마디 말이 복(세움)이 될 수도 있고 또한 화(해체)가 될 수도 있다. 옛말에 '한 마디 말에 천 냥 빚도 갚는다'는 말이 있다. 그러나 알면서도 못하는 것이 말이다.

사람들은 흔히 자기중심적이며 자기 기준에 모든 것을 맞추려 한다. 그러다 보니 늘 티격태격 시끄럽고 타협점을 찾기가 힘들다. 이를테면 합창단이 있다고 하자. 이때 상대를 배려하지 않고 자기 목소리만 크게 낸다면 결코 합창이라고 할 수 없다. 아름다운 노래(말)는 몸으로 스며들어 영혼을 기쁘게 한다. 하지만 반대로 교만한 말은 사람들의 눈을 찌푸리게 하고 결국 귀를 막게 한다.

예수께서는 일찍이 언행일치의 중요성을 말씀하셨다. 행함이 없는 믿음은 그 자체가 죽은 것이라고 가르치셨다. 곧 행동은 말을 증명하는 수단이며 비로소 말과 행동이 합해질 때 많은 사람에게 신뢰를 받게 된다는 진리의 말씀이다. 팬텀싱어를 보면서 인격적인 말과 행동이 아름다운 화음이 되는 것을 다시금 보게 된다.

말은 그 사람의 인격이고 인격은 곧 말을 통하여 나온다는 것을.

이 가을 언행에 대하여 고민 중이다.

가시 같은 이웃

　오래전에 읽은 책입니다. 우리에게 가시 같은 이웃이 있음은 우리 안에 변화되지 못한 못된 기질과 교만이 남아 있기 때문이라고 합니다. 그 가시 같은 이웃으로 인하여 나로 더 다듬고 성숙한 자로 쓰기 위함이라는 것입니다. 혹여라도 가시 같은 이웃을 만나거든 내 안에도 저런 가시가 있다고 생각하라는 겁니다. 그러나 대부분의 사람은 거기까지 생각을 하지 못합니다.

　요즘 교회가 수난을 겪습니다. 난생처음 겪는 일들입니다. 비대면이라는 예배를 생각이나 했겠습니까? 원망 아닌 원망을 합니다. 왜 우리만 향해 멸시와 비웃음으로 핍박하냐고, 모든 것은 너희들이 잘못하지 않았느냐고 그들을 향해 억울하다, 억울하다 합니다. 그러나 이때 이런 수난이 왜 우리에게 일어나는지 깊이 생각해 보아야 합니다. 먼저 신앙인으로서 마땅히 지킬 것을 지키며 살았는지 말입니다. 내 이웃에게 손가락질 받을 일, 눈살 찌푸릴 행동을 하지 않았는지를 돌이켜 보아야 할 때입니다. 우리는 너무나 이기적인 신앙인으로 살아왔다는 것을 고백해야 합니다. 잎만 무성한 무화과나무처럼 허울만 화려한 우리를 향해 뇌성처럼 들려오는 크신 분의 소리를 들어야겠습니다.

오래전 읽은 책입니다. 김형석 선생님께서는 이렇게 말씀하셨습니다. 소금과 빛의 책임을 다하지 못하는 교회는 사회로부터 버림을 받게 된다고 말입니다. 교회는 우리끼리 즐기고 만족하는 신앙의 안식처가 아니라고 말씀하셨습니다. 저는 이 말씀에서 많은 것을 깨닫습니다.

방역을 지키지 않는 몇몇 교회들로 인하여 비난을 받습니다. 비대면 예배로 인하여 어려움도 있고 여러 가지로 제약도 있습니다. 그러나 이때 말씀으로 돌아가 지금까지의 교회가 해 왔던 일들을 생각해 봐야겠습니다. 우리 모두 각자의 생활을 돌아보는 계기가 되었으면 합니다. 큰 어려움에 봉착했을 때의 다윗을 보십시오. 다윗은 옷을 찢고 땅을 치며 죄를 범하고 악을 행한 것은 바로 내니이다라며 통곡하며 회개했습니다. 그 누구도 탓하거나 원망하지 않았습니다. 바로 자신이 죄인이라는 것을 고백했습니다. 그때 비로소 울음 배인 온유한 주님의 음성이 들려옵니다. 아! 이제야 우리의 말랐던 눈물샘이 터졌습니다.

이 어려울 때 말씀으로 돌아가 자기를 돌아보는 계기가 되었으면 합니다. 혼자만 겪는 어려움이 아니라 온 세계의 아픔입니다. 이 힘든 시국에 우리는 힘을 모아야 합니다. 마치 광야를 지나가는 이스라엘 민족처럼 말입니다. 모든 것은 지나갑니다. 그분의 때가 있습니다. 지금의 이 어려움을 잘 견디고 지나가면 이 나라도, 온 세계도, 우리 개개인 모두도 더 견고해질 것입니다. 위기는 바로 기회라고 했습니다. 이럴 때 우리는 모두 서로서로가 힘이 되어 주어야겠습니다. 이로 인하여 한 걸음

더 성숙해지는 우리 모두가 될 것입니다.

주님! 부디 나로 당신의 견고한 집의 알곡이 되게 하십시오.

가시

요정 같은 나비
가시 숭숭한 애벌레 시절 있었다지
고운 날갯짓이 비단결 같다

내 말에 찔려
아파하는 이 있는 걸 보면
아직도 내 속에
흉물스러운 애벌레 하나 살고 있나 보다
나는 언제쯤
저 나비같이
우아한 날갯짓으로 날 수 있을지

중남미 문화원

아주 오래전의 일이다. 단풍이 하나둘 곱게 무르익어 가던 어느 가을 날 아이들과 함께 고양시에 있는 중남미 문화원에 들렀다. 잘 다듬어진 정원과 전지를 깔끔하게 해준 나무들 사이를 지나 입구에 들어서니, 비쩍 마른 돈키호테가 역시 비쩍 마른 말 위에 창을 들고 앉아 있는 것을 보며 어린 날 재미있게 읽었던 돈키호테가 생각나 피식 웃음이 나왔다. 이곳저곳에 마야, 아즈텍, 잉카 시대의 고대 유물과 조각상이 전시되어 이국적이면서도 고풍스럽스럽다는 느낌을 받았다.

이곳은 중남미에 오랫동안 외교관으로 나가 계셨던 부부가 만든 사립 문화원이라고 했다. 그곳에 살면서 그 나라에 대하여 상당히 매력을 느끼셨던 것 같다. 이 많은 고대 유물과 갖가지 조각상, 그리고 그 나라의 석기와 목기 등 각종 풍물이 진열되어 있었다. 다산의 여신인 토우의 조각상에 수많은 아이가 매달려 있던 것이 기억에 남는다. 아마도 농경사회였던 그 나라에서는 아이들을 많이 낳아 일손을 만드는 것이 중요했었나 보다. 우리나라도 다산의 의미로 결혼식을 마치고 폐백을 드리면 어른들께서 밤과 대추를 치맛자락에 던져주는 풍습이 있다. 건강하게 자손을 많이 낳아 집안을 번성하게 하라는 뜻이다.

이곳저곳을 둘러보던 나는 어느 그림 한 점에 멈춰 섰다. 어디서 본 듯 알 수 없는 두근거림에 한동안 그림에서 눈을 떼지 못했다. 보기에는 그저 소박한 유화였다. 지금도 기억나는 것은 산비탈 유순한 사람들이 모여 사는 듯한 마을, 낮은 담벼락을 타고 올라간 보랏빛 넝쿨 꽃, 그리고 색 바랜 보도블록이 깔린 좁다란 비탈의 골목길이었다. 마치 어린 날 해질 녘 친구들과 숨바꼭질을 하면서 놀았을 듯한 그런 친숙한 그림이었다. 나는 끌린 듯 홀린 듯 발길이 떨어지질 않아 한참을 보았다.

그 후 나는 그 그림이 가끔, 아니 많이 생각난다. 그림에 대하여 아는 것이 없는 문외한이다. 그저 보는 것을 좋아할 뿐이다. 그런데 왜 자꾸 생각이 날까? 아직도 그곳에 있는지 모르겠지만 보고 싶은 그림이다.

그림을 보는 순간 무언가 아련하게 밀려드는 아픔 같은 것. 눈을 떼지 못하게 하던 그 끌림은? (비전문가의 눈) 내가 보기엔 (특별한 기법이 없는) 그저 평범한 유화였었다. 지금도 그 그림을 생각하면 작은 슬픔 한 조각이 많은 이야기를 품은 채 가슴 한쪽에 슬며시 들어온다.

제5부

비겁한 빌라도

긍정의 힘

사람들은 매우 버릇없는 아이를 두고 '싹수가 노랗다', '될 성 싶은 나무는 떡잎부터 알아본다'라는 말을 한다. 그러나 이 말은 잘못된 말인 듯하다. 처음부터 잘하는 사람은 없다. 날 때부터 예의를 갖추고 태어난 사람도 없다. 부모에게서, 학교에서, 사회생활에서 하나씩 하나씩 배워 나가는 것이 사람이다. 누구나 처음부터 완벽한 사람은 없다는 것이다. 세상 살면서 한 번도 실수를 한 적이 없다고 말하는 이가 있다면 그 사람은 위험한 사람이다.

성 어거스틴의 이야기를 해보자. 그는 젊은 날 방탕한 생활과 혼돈의 시간 속에서 살았다. 그가 장차 서양의 가장 위대한 교부가 되리라고 예상한 사람이 있었을까? 아무도 없었을 것이다. 이렇듯 함부로 판단하고 쉽게 이야기하는 것은 매우 적절치 못한 언사임에는 분명하다. 처음부터 자기 자신을 다스릴 줄 알고 행동하면 얼마나 좋으랴마는 어제의 실수를 오늘에야 깨닫고 후회하는 것이 인생이 아니던가. 이렇듯 실수하지 않고 사는 사람은 누구도 없다. 한 치 앞을 내다보지 못하는 것이 사람이다.

가끔 상대에게 말이나 행동이 인색하고 긍정적이지 못한 사람이 있다. 말씀은 말한다. "어찌하여 형제의 눈 속에 있는 티는 보고 네 눈속에 있는 들보는 깨닫지 못하느냐.(마태복음 7:3)" 잘하는 행동에 기대를 거는 일보다는 잘못된 행동에 비난하는 일이 더 많은 세상이다. 살아가면서 우리는 늘 관용과 용서가 필요하다. 실수는 반면 무한한 가능성이 있다는 것이다. 잘못한 것을 용기로 북돋아 주어 다시금 자신을 돌아보는 기회가 되기 때문에 옛 어른들께서는 실수란 곧 성공의 어머니라 했다.

성경에 보면 하나님께서 농부였던 아모스를 선지자로 쓰임 받게 하셨다. 또한, 당시 세인들에게 손가락질 받던 세리 마태와 바울을 오히려 큰 자로 쓰셨다. 세 번씩이나 예수님을 부인했던 베드로가 비록 약하고 실수투성이고 무지한 자였지만, 그 내면에 잠재된 강함을 알고 계셨다. 즉 우리에게 긍정과 사랑의 눈으로 살라는 것을 보여 주셨다. 그럼 이렇게 말하는 나는 잘 살았느냐? 아니다. 역시 편협한 생각으로 늘 자신의 허물은 감추어 두고 사람들의 겉모습만 보고 판단하였다.

우리는 미성숙한 자들이다. 날마다 긍정의 안목을 주시기를 원한다.

사랑은 허다한 죄를 덮느니라.(베드로전서 4:8)

목련

바벨탑 한켠을 차지하려
종횡무진 하던
좀 더 자자 좀 더 졸자
발목을 잡는 어둠
상앗빛 목련 꽃등을 밝힌다

해아래 해아래서 헤메는 사람아
이제는 깨어 일어나
순은의 빛 알알이 터지는
아침을 맞으러 가자
엄동설한 건너온 순백의 믿음
세상을 향해
꽃등을 밝히는 이때
깨어라 이제는 깨어 일어나
푸른 환희의 노래를 부르자
보라
빛의 씨앗들이
공중에 암호처럼 떠 있는 것을

공동체

집안 정리를 하다 이참에 헤진 물건은 좀 버려야겠다는 생각에 이것 저것 내어놓다 보니 수북이 쌓인 것이, 그동안 어지간히 모으며 살았구 나 싶다. 버릴 물건과 쓸 물건을 가리는 것도 여간 어려운 것이 아니다. 이것도 저것도 나름 쓸모가 있다. 이것은 이것대로 저것은 저것대로 쓸 용도가 있다 보니 함부로 버릴 수가 없었다. 버리고 나면 결국 또 사야 할 거 같아서다. 들었다 났다 하다가 결국 주섬주섬 제자리에 두는 것 들이 더 많았다.

이 세상에 쓸모없는 것이 있으랴. 나름 자기 역할이 있기에 만들어졌 다. 사람도 마찬가지다. 여러 유형의 사람들이 함께 살아가는 세상이다. 성경에 보면 하나님의 집에는 금그릇, 은그릇, 질그릇 여러 모양의 그릇 들이 있다고 했다. 이 모두가 그분의 작품이다. 하나라도 쓸모없는 그릇 은 없다. 각자 용도에 맞게 쓰임을 받는다. 사람 또한 성품에 맞게 은사 도 각각이다.

우리는 다양한 사회 속에서 살고 있다. 우리는 그들의 문화가 다르다 는 이유로 배척하면 안 된다. 그들의 문화와 은사를 받아들이고 인정해 야 한다. 오케스트라도 마찬가지다. 아름다운 하모니가 만들어지기까지는 조율이 필요하다. 처음에는 불협화음으로 듣기 거북하겠지만, 결국 아름다운 하모니를 이루게 된다.

한솥밥을 먹는 식구도 마음이 안 맞아 불평하거늘 하물며 개성이 다른 사람들이 모인 곳이 오죽하겠나? 나하고 안 맞는다고 배척과 비방에 이른다면 성숙하지 못한 일이다. 그 형편과 사정에 따라 생각이 다르다는 것을 인정해야 한다. 사랑의 눈과 용서의 마음을, 그리고 지혜를 구해야 한다. 아름답고 건강한 공동체를 위하여 나를 버리는 훈련이 필요하다.

사도 바울은 말했다.
나의 자랑을 두고 단언하노니 나는 날마다 죽노라.(고린도전서 15:31 후반)

말의 부재

인간은 다른 사람의 허물을 탐지하는 데 탁월한 능력을 지니고 있다. 이를테면 누군가의 허물을 지적하고 비난을 할 때 덩달아 그 대열에 끼어 이른바 (왕따) 한 사람 죽이기로 돌입한다. 이 수준까지 가면 자기도 모르는 사이 이성적인 사고와 행동을 되찾기는 어렵다. 심지어는 자기 생각이 범죄의 수준에 이른다 해도 깨닫지 못한다. 그야말로 천상천하 유아독존 혼자만의 세계에 빠지게 된다. 이 상태에선 대부분이 내 탓이란 없다.

사사로운 감정(시기 질투) 발전하여 자기 스스로는 별것 아니라는 힐난의 손가락질이 상대에겐 평생 씻을 수 없는 수치심과 상처를 안겨 준다. 무절제한 말로 많은 영혼이 상처를 받고 있다. 말의 진정한 뜻이 상대에게 미처 전달되기도 전에 소음으로 침윤되어 버리고 만다. 본래 그 말의 뜻이 성립되지 못함이 안타깝다. 유독 말이 주는 상처로 나는 많이 아파했던 사람 중의 한 사람이다.

어느 날 지인께서 내게 이런 말을 해주셨다. "이봐, 자네가 훌륭해서 돌팔매를 많이 맞았나 보네! 자네가 그들보다 못하다고 생각하면 그들이 그런 말을 하겠나. 가령 예를 들어 보자고 사과나무에 사과가 주렁 주렁 달렸을 때 그 사과나무는 돌팔매질을 맞겠지. 만약 사과가 없는 빈 나무라면 돌팔매질 하겠나? 열매도 없는 빈 나무에 하릴없이 왜 돌팔매질을 하겠나?"라는 말씀을 해 주셨다.

그때 나는 그 말씀에 용기를 얻고 힘을 얻었다. 그리고 많은 생각을 했다 그동안 나만 억울하고 나만 피해자라고 생각했던 것 나 자신을 보지 못한 내 잘못이 오히려 크다는 것을, 다분히 나에게 문제가 많았음을 부인할 수 없다. 혼자만 잘난 체하며 나대었다는 사실이다. 그러니 그들이 바라보는 내 모습이 여간 꼴불견이 아니었을까? 그 뒤 지인께서 해주신 말씀을 가끔 나는 생각한다. 자신을 객관적으로 볼 수는 없겠지만 그 말씀대로 살려고 애쓴다.

침묵은 말의 부재 상태일 수는 있지만, 의미의 부재는 아니다. 침묵이야말로 증오, 두려움, 욕망으로부터 해방하게 하는 것이다. 그리고 내면으로부터 서서히 새로운 변화를 가져다주는 즉, 창조 정신 수련의 극점이라고도 할 수 있다. 옛말에 '침묵은 금'이라는 말이 있다. '말을 많이 하여 해가 되느니 말을 적게 하여 실수를 줄이는 것이 오히려 금처럼 귀하다.'라는 것이다. 그리고 하나님께서 유일하게 인간에게 주신 말의 중요성을 다시 한번 생각해 본다.

곧 말은 그 사람의 인격에서 나오고 인격은 그 사람의 말을 통해 나온다는 사실이다. 한마디의 말이 사람을 살리기도 하고 죽이기도 한다.

하나님께서 말씀으로 이 세상 만물을 창조하셨다. 말의 위대함을 보여주셨다는 것이다. (말은 생명이며 곧 인격이다.) 이 가을 말이 주는 소음으로 척추가 아프도록 후회할 일이 없었으면 좋겠다.

계절의 길목에서 미처 떠나지 못한 풀벌레 소리가 우화처럼 들려온다. 이 가을 오래도록 사색하기를 원한다.

말

마개 열려 너절히 쏟아진
엉뚱하게 조합 이룬
무수히 공중에 부유하는 저 말
결코, 제자리로
돌아갈 수 없는 것

숱한 불면의 밤 지나고 난 그때에도
그 말 균형 잃고 흔들릴까

이제 말로써 말
대응할 기력이 없다

소음에 불과하다

각종 매체를 통해 쏟아지는 정보가 셀 수 없을 정도다. 그러다 보니 너도나도 할 것 없이 귀가 커지고 아는 것이 많아진다. 두세 명이 모인 곳에만 가도 시끌벅적 너무나 많은 정보를 쏟아낸다. 정보의 홍수인지, 정보를 퍼 나르는 말의 홍수인지 모르겠다.

이렇듯 우리는 정보에 뒤처지지 않아야 하고 하나라도 더 알아야 다른 사람들과 보조를 맞추거나 앞서간다고 생각한다. 그러다 보니 몸과 마음의 여유가 없어져 간다.

아는 것이 많음에도 사람들의 마음은 긴 가뭄에 쩍쩍 갈라진 논바닥처럼 메마르고 삭막하기만 하다. 물론 모든 사람이 다 그런 것은 아니다. 하지만 조그만 일에도 민감하게 반응하며 자기의 주장을 앞세우고 상대보다 더 잘해야 한다는 강박관념에 사로잡혀 불안해진다. 많은 것을 채우고 아는 것이 많음에도 불구하고 상대를 인정하지 못하는 것은 무엇 때문일까?

인간관계에서 상대를 신뢰하지 못하는 각박함 이런 것이 결코 좋은 말들을 듣지 못해서가 아니요. 양질의 책을 읽지 못함도 아니라는 것이다. 오히려 넘치는 정보와 물질 만능의 풍요로 인해 (우월주의) 다들 자기가 최고라는 착각 속에 살고 있는 것이다. 도무지 상대의 좋은 점을 인정해 주질 못하고 인정하기는커녕 남의 말을 듣지도 않으려는 이기적인 사람들이 많아지는 것은 불행한 일이다.

세상에 자기 잘난 맛에 사는 것을 누가 뭐라 할까마는 기본적인 상식과 예의는 있었으면 한다. 자기를 높이려다 보니 상대방을 깎아내려야 하고 그러다 보니 심지어는 상대를 곤경에 빠뜨리는 일도 다반사다. 이 지경까지는 가지 말아야 할 것이 아닌가? 그런 사람들의 특성을 보면 하나 같이 말을 많이 하고 급한 성정을 가졌다고 할 수 있다. 말이 많은 곳은 언제나 분쟁이 있기 마련이다. 말을 많이 한다고 아는 것이 많은 것도 아닐진대 지나침은 결코 모자람만 못하다. 사람들에게 신뢰를 주지 못하는 말과 정보는 그저 공허할 뿐이며 소음에 불과하다.

상대의 말을 끝까지 들어 주는 경청의 훈련이 필요하다.

길

얼마 전 그리 복잡치 않은 곳에서 돌아올 때, 나는 길을 못 찾아 몇 시간을 헤맸는지 모른다. 이리저리 가도 그 길이 그 길 같아서이다. 타고난 길치임에는 틀림없는 것 같다. 얼마나 뱅글뱅글 돌았는지 정신이 다 없을 지경이었다. 그 후 그다지 복잡한 길도 아니었던 것을 헤매며 돌고 돌았다는 것을 알게 되었다. 모든 일은 알고 나면 쉽지만 모르면 어려운 법이다.

오늘 나는 중국 춘추시대 사상가인 (철학자) 양주의 이야기를 하려 한다. 어느 날 이웃이 양을 잃어버렸다. 길이 여러 갈림길이라 어느 길로 갔는지 찾을 수가 없다는 말을 들은 양주는 크게 상심하며 깊은 생각에 잠겼다. 그는 원래 학문의 근본은 하나인데 학문이 여러 갈래로 갈라지고 있음을 한탄하던 때였다. 양주는 잃어버린 양으로 인하여 모든 것은 복잡하면 꼬이고 헤맨다는 사실을 알았다. 그렇다고 두 길을 동시에 갈 수 없으니 갈림길에 서면 잘못된 길을 갈까 고심하며 울었다는 이야기이다.

혹여라도 잘못된 선택으로 돌이킬 수 없는 후회하는 일이 있을까 고심에 고심했다는 것이다.

동시대 사상가인 묵자의 이야기도 같은 맥락이다. 묵자는 하얀(생사) 실이 색감에 따라 물드는 것을 보며 애통해했다고 한다. 묵자가 울었던 이유는 사람의 생사와 같아서 이다. 즉 본바탕이 깨끗하던 사람이 환경에 따라 물들어가는 것을 보며 애통해했었다.

인생의 길에는 가족, 그리고 친구 같은 많은 동행자가 있다. 과연 참다운 동행자가 누가 될 수 있을까. 우리의 인생길에는 상상도 못 한 예측할 수 없는 일들이 일어난다. 믿었던 사람이 자기 편리와 유익에 따라 다른 길을 갈 수도 있으며 때론 배신의 아픔으로 죽을 듯 아파하는 사람들도 있다.

일찍이 그리스도께서는 "내가 곧 길이라." 말씀하셨다. 우리는 인생길을 가는 동안 좋은 사람을 만나야 한다. 남편은 아내를 아내는 남편을 잘 만나야 한다. 이웃도 잘 만나야 한다. 누구를 만나느냐에 따라 그 사람의 인생이 달라진다. 좋은 사람들을 만나 인생의 길을 걸어가는 것이 복된 길이다. 그러나 조변석개로 변하는 것이 인간의 마음이라 하지 않았던가? 이렇듯 조금이라도 내게 이익이 되면 오랜 친구도 헌신짝처럼 버리고 쉽게 변하는 것을 보고 묵자는 애통해했다고 한다. 때론 내 의지와는 상관없이 따라가는 일들도 있지만, 뻔히 알면서도 눈앞의 이익을 좇아가다 그야말로 낭패를 겪는 일들도 많다. 이렇듯 인생의 길에 좋은 사람을 만나 함께 인생길을 가는 것은 참으로 복된 것이다.

하나님의 말씀에 "지혜로운 자와 동행하면 지혜를 얻고 미련한 자와 사귀면 해를 받느니라.(잠언 13:20)" "복 있는 사람은 악인들의 꾀를 따르지 아니하며 죄인들의 길에 서지 아니하며 오만한 자들의 자리에 앉지 아니하고, 무릇 의인의 길은 여호와께서 인정하시나 악인의 길은 망하리로다.(시편 1:1,6)" 인생의 길을 지혜로운 자, 복된 자와 함께 가라고 하셨다.

우리네 인생길에도 여러 모양의 갈림길이 있다. 때론 잘못된 선택의 기로에서 신중하지 못 한 일로 인하여 얼마나 많은 잘못을 범하며 사는지 모른다. 뒤늦게 후회해도 돌이킬 수 없는 현실 앞에 후회한다. 한평생 살아가는 동안 우리는 많은 사람을 만난다. 그리고 그들과 함께 인생길을 걸어간다. 논어에 보면 대인은 비록 손해나는 일이 있을지라도 의(義)를 택하지만, 소인은 눈앞의 작은 이익을 좇아 이(利)를 따라간다고 했다. 이렇듯 의롭게 사는 일이 쉽지 않음에 하나님께선 우리를 향해 의의 길로 가라고 누누이 말씀하신다. 그러기에 사상가인 양주도 묵자도 옳은 길 의의 길을 가기 위하여 눈물을 흘리며 애통하며 고심했었다.

그날 나는 길을 잃고 헤매는 동안 많은 교훈을 얻었다. 그리고 아직도 걸어가야 할 내 남은 인생길 얼마나 고심하며 애통해야 할지 날마다 크신 분께 지혜를 구한다.

동행

아직도 가야 할

나의 남은 길

염려 없음은

나보다

나를 더 잘 아는

그가

묵언의 귀 기울여 주며

내 걸음걸음

함께 하신다는 것을…….

요나를 닮은 나

성경에 보면 니느웨로 가라는 사명을 받은 요나라는 사람이 있다. 그러나 그는 사명이 너무 싫어 이런저런 핑계를 대며 어딘가로 도망가려 했다.

마침 다시스로 가는 배가 있어 냉큼 배에 올라탔다. 성경에는 쓰여 있지 않지만 "왜 하필이면 날 보고 그곳에 가라는 거야!"라며 투덜거렸을 것이다. 그러던 때, 마침 가라던 곳이 아닌 다른 곳으로 가는 배가 있으니 얼씨구나 싶어 배에 올랐을 것이다. 그리고 그는 배 밑창을 찾아 세상 편하게 잠을 잤다.

그러나 그런 요나를 그냥 두실 하나님이 아니셨다. 그때 큰 풍랑이 일어나 배에 탄 사람들이 모두 다 죽게 되었다. 어느 한 사람을 제물로 바쳐야 하는 제비뽑기에 요나가 딱 걸리고 말았다. 그는 하는 수 없이 제물로 바다에 던져지는 운명이 되었다. 사람들의 손에 던져지는 순간 커다란 물고기가 요나를 꿀꺽 삼켰다.

그는 사흘 동안 물고기 뱃속에서 목숨을 부지하게 된다. 아마도 그는 별별 짓을 다 하였을 것이다. 고래고래 소리도 질러보고, 갖은 원망과

욕설도 했을 것이며 이리저리 육박전도 했을 것이다. 그 뒤 물고기는 요나를 입에서 토해낸다. 결국, 그는 자신을 만드신 자만이 이 모든 것을 하실 수 있다는 사실 앞에 무릎을 꿇고 고백하게 된다.

나는 가끔 이런 요나를 생각하며 내 삶이 요나와 흡사하다는 것을 느낀다. 한때 하던 사업이 잘 될 때가 있었다. 그러다 보니 교회 가는 것보다 사무실에 있는 시간이 더 많았다. 세상이 돈이면 다 되는 줄 알고 얼마나 교만했는지 모른다. 그러나 그것이 오래 갈 리가 만무했다. 물질이 사람을 망가뜨려 놓는다는 것을 사실 그땐 몰랐다. 어리석고 단순한 것이 사람이고 돈 앞에 무너지는 것 또한 사람이라는 것을 말이다.

그 후 많은 세월이 흐르고 이곳 시골로 내려와 살면서 조롱박을 심었다. 그 박이 자라서 그늘을 만드는 것을 보다가 나는 깜짝 놀랐다. 하룻밤 자고 나면 무섭도록 쑥쑥 자라 그 잎이 무성하게 그늘을 만드는 것을 보면서 그때 나는 요나의 모습을 보았다. "하나님 여호와께서 박넝쿨을 예비하사 요나를 가리게 하셨으니 이는 그의 머리를 위하여 그늘이 지게하며 그의 괴로움을 면하게 하려 하심이었더라 요나가 박넝쿨로 말미암아 크게 기뻐하였더니 하나님이 벌레를 예비하사 이튿날 새벽에 그 박넝쿨을 갉아먹게 하시매 시드니라.(요나서 4:6~7)"

이렇듯 세상은 만만치 않다. 곤두박질을 몇 번 하고 심하게는 스올(어둠, 죽음)의 밑바닥까지 경험하면서도 사람이란 자기의 잘못을 인정할 줄 모르고 남(식구들) 탓하기에 바쁘다. 이 사람 저 사람 탓을 하다 결국 하나님까지 원망했다. 그때는 어느 곳엘 가도 불평불만이었다. 심지어 교회마저도 가기 싫었다. 결국은 요나처럼 실컷 두들겨 맞고서야 눈물 콧물 흘려가며 척추가 아프도록 무릎을 꿇는다.

그럼에도 시시때때로 교만한 마음이 꿈틀댄다. 아직도 여전히 요나처럼 물고기 뱃속인 것일까?

시간 그리고 공감과 절제

시간은 약속의 시작이며 신뢰의 출발이다. 시작하는 시간이 있다면 반드시 끝나는 시간도 있다.

주어진 시간 외 시간을 쓴다면 이것은 남의 시간을 훔치는 것이라 할 수 있다. 부득이 시간이 더 필요하다면 양해를 구해야 한다. 그러지 않고 자기 시간인 양 시간을 쓴다면 무례하다고 볼 수 있다. 보통 사람들은 많은 시간을 할애해야 좋은 결과가 나온다고 생각한다. 그러나 그렇지 않다. 시간이 많다고 잘 했다고 볼 수는 없다. 우스갯소리로 짧으면 짧을수록 명강의라는 말이 있다. 이 말인즉 사족을 동원할 필요 없이 핵심을 설명하라는 것이다.

예를 들면 코미디언은 많은 관객을 웃겨야 하는 직업이다. 그런데 정작 웃겨야 할 본인이 웃음을 참지 못한다면 어떻게 될까? 아마도 관객들은 그 자리를 떠나며 속된 말로 '햐! 진짜웃기는 짬뽕이네! 자기가 다 웃고 우리는 뭐하라는 거야. 시간이 아깝다.'라며 어이없어 할 것이다.

가끔 지루한 강의나 설교를 듣다 보면 시간이 아깝다는 생각이 들 때가 있다. 그럴 때는 시간을 손해 봤다는 생각에 언짢아진다. 옛말에 듣기 좋은 콧노래도 한두 번이라 했다. 아무리 좋은 말도 했던 말을 또 하고 자꾸 되씹으면 그 말이 어느새 희석되어 본래 하고자 했던 말의 권위를 상실하고 만다.

강의하는 자나 설교자는 관중의 호응과 반응, 그 지역의 문화와 특성 연령대를 보는 안목이 필요하다. 가령 농촌 지역이라고 하자. 바쁜 농번기에 아무리 좋은 말씀이라도 주어진 제 시간을 넘어서까지 사람들을 붙들고 있다면 그들의 마음이 어떠하겠는가? 몸은 앉아 있지만, 마음은 콩밭에 가 있다. 이렇듯 자기도취에 시간 가는 줄도 모르고 열변을 토한다면 이것이야말로 시간 낭비이자 시간을 빼앗는 것이다.

성경 말씀에 의하면 성령의 아홉 가지 열매 중 절제가 있다(갈라디아서 5:22~23). 아무리 좋은 말도, 사랑도, 그리고 온유도 절제가 필요하다. 절제하지 못하면 그것이 사람의 마음을 움직이겠는가? 때와 장소에 맞게 절제할 줄 아는 상식이 필요하다.

하나님께서 말씀으로 이 세상 만물을 창조하셨다. 그러기에 우리는 하나님이 만드신 영적인 동물이다. 말씀의 힘이 얼마나 크고 위대한지 잘 알고 있다. 요즘 너 나 할 것 없이 어렵다. 이럴 때 우리는 크신 분의 말씀을 날마다 갈급해한다. 전하는 자와 듣는 자가 함께 공감하고 말씀의 감동으로 힘을 얻고 살아갈 용기를 얻었으면 하는 바람이다.

소금과 빛의 책임을 다하지 못하는 교회는 사회로부터 버림을 받게 된다. 교회는 우리끼리 즐기고 만족하는 신앙의 안식처가 아니다. 교회는 사회를 위해 존재한다는 것이다.

　-김형석 선생님 저서 중에서

비겁한 빌라도

오늘날 선생님은 많아도 스승은 없다는 말이 있다. 슬픈 현실이 아닐 수 없다. 그만큼 참다운 지도자를 찾기가 힘들다는 것이다.

옛 어른들께서는 스승의 그림자도 밟으면 안 된다고 가르치셨다. 학교 졸업식에서 반드시 부르는 노래가 있다. '스승의 은혜는 하늘 같아서 우러러볼수록 높아만 지네.' 스승은 자라나는 아이들에게 훌륭한 인생의 지침서 역할을 했다. 세상에는 소유하는 기쁨도 있지만 나눠줌의 기쁨도 있다. 스승은 제자들을 가르치고 키워준 후 그들이 잘 살아 줄 때 그 공을 알아주지 않는다 해도 가르친 보람을 느낀다.

우리가 처음으로 세상에 나와 만나는 스승이 어머니이다. 부모 밑에서 인성을 배우며 인격이 형성되어 간다. 예전에는 자식들을 많이 두었다. 그러다 보니 부모가 미처 돌보지 못해도 맏이는 동생들을 돌보며 스승(리더)의 역할을 했다. 오늘날 그렇지 못한 현실이 안타깝다.

스승(리더)은 분명한 자기만의 철학과 사명이 있어야 한다. 철학과 사명이 없는 자는 소신이란 게 있을 수 없다. 사람들의 소리에 흔들리고 비위를 맞추느라 자기의 본분이나 책임을 다하지 못한다. 이런 일들이 교회 안에서도 일어난다는 것은 안타까운 일이 아닐 수 없다. 내가 어렸을 때만 해도 어른들은 교회에 나오지 않아도 아이들은 교회를 보내는 일이 많았다. 왜냐하면, 부모들이 미처 가르치지 못하는 것을 교회에서 가르쳐 주었기 때문이다.

구한말 기독교가 우리나라에 들어오면서 많은 박해를 받았다. 수많은 선교사의 피와 헌신과 사랑의 수고로 이 땅에 기독교가 정착했다. 양화진에 가면 외국인 선교사 묘원이 있다. 그분들의 숭고한 순교가 없었다면 오늘날 어찌 기독교가 이 땅에 정착할 수 있었겠는가. 1970~90년을 기점으로 기독교는 급격히 부흥되었다. 하지만 점점 교세가 커지고 자립도가 높아지다 보니 교회가 세인들이나 하는 짓들을 따라 하게 되었다.

교회가 세상에 본이 되어야 함에도 불구하고 기업화되고 손가락질 받을 일을 하게 되었다. 안타까운 일이 아닐 수 없다. 목회자들은 자기의 본분을 알고, 가르치는 자로서의 사명과 철학이 있어야 한다.

인간은 근본적으로 약하다. 어떤 큰일에 봉착하면 대부분 자기주장, 자기 생각에 갇혀 상대를 이해하지 못한다. 그러나 하나님의 말씀은 내 상식, 내 경험, 내 생각을 뛰어넘는다. 지혜의 근본이 말씀이기에 신실한 지도자는 사람에게서 기쁨을 구하지 않는다. 비록, 이런저런 이유로 손해를 보고 안 좋은 소리를 들을지라도 오직 신실하게 하나님을 믿고 따르는 것이 리더다. 이렇듯 교회 안에서 세상을 앞서 변화시킬 참된 지도자가 많이 배출되었으면 하는 바람이다.

여기 사도 바울의 고백을 들어보자.

이제 내가 사람들에게 좋게 하랴 하나님께 좋게 하랴 사람들에게 기쁨을 구하랴 내가 지금까지 사람들의 기쁨을 구하였다면 그리스도의 종이 아니니라.(갈라디아서 1:10)

붉은 십자가

경쟁하듯

올라가는 붉은 십자가

첨탑 높이 당신을 매달아 놓고

한 손엔

세상의 고삐를 움켜쥔 채

하늘을 향해 사랑을 외치는

저 위장된 평화

당신이 가신 뒤 별로

달라진 것이 없는 세상입니다

늑골 밑으로

대검을 밀어 넣던 그때의

여전한 분별력

우우 군중들 소리에

여기도 저기도 빌라도 손을 씻습니다

찬비 맞으며 노숙을 견디시는

왕이신 당신이시여

이제 그만 내려오십시오

제6부

강물은 흘러간다

멀리 있는 내 벗

멀리 있는 내 벗은 가을의 끝자락에 서면 마음이 허허롭고 길 잃은 아이처럼 마음 둘 곳 없어 서러워진단다. 노란 은행잎이 한순간 와르르 떨어질 때의 무상함도 그렇고, 다급한 매미의 통곡 소리에 매우 당황스럽단다. 상사화 만발한 작은 뜨락으로 밀려드는 가을이 허허로워 10월의 문턱에 서면 울고 싶도록 가슴이 시리다고 한다.

온통 지구를 다 녹여버릴 것처럼 용광로 같았던 뙤약볕도 계절의 길목에선 고개를 숙이나 보다. 나 역시 계절을 보내고 또한 계절의 길목에 서니 가슴 한켠이 시려 온다. 풀벌레 소리가 점점 가까이 베갯머리까지 들리는 것으로 보아 분명 가을이 깊어짐이다.

여름에는 잘 보이지 않던 제비 떼들이 긴 전깃줄에 빼곡히 앉아 먼 길을 가야 하는 여정을 논의하나 보다. 산 그림자가 산 아래까지 내려와 있다. 가을에는 잎새를 떨어뜨려야 하는 상실감에 나무만이 아파하는 것은 아니다. 삶이 만삭처럼 무거워 마음의 무게로 잠 못 드는 이의 가슴에도 희디흰 달빛 같은 슬픔이 고인다. 황망히 굴러가는 낙엽 그 수런거림에 달팽이관이 예민해지는 계절이다.

가을은 서둘러 신발 끈을 매고 가는 그리운 사람 같다.

가을 단상

사람아

그리운 나의 사람아

그 이름 아직

부르지 못했는데

진한 애태움

못다 한 언어

창가에 서성이는데

뒷모습만 보이는

사람아

그리운 나의 사람아

가을은

가을은

모두가

이별을 앓는가 보다

내 어머니

핸드폰으로 모네의 그림을 감상하다 문득 웃음이 고왔던 내 어머니가 생각나 산소를 찾았다. 잔디를 금방 깎았는지 풋풋한 풀 냄새가 바람끝에 묻어와 코끝을 스친다. 비스듬히 누운 산비탈에 무리를 지어 피어 있는 들꽃 사이로 양산을 받쳐 든 어머니가 서 있는 듯하다.

따스한 햇볕이 내리쬐는 무덤가를 돌아보다 나는 어머니를 떠올려 보았다. 아무리 햇빛이 다사롭다한들 어머니 마음만큼 다사로울 수 있을까? 가을 들녘 들꽃의 향기가 아무리 향기롭다한들 어머니의 비릿한 살 내음과 비교할 수 있을까?

내 어머니는 천생 여자이고 다정다감한 분이었다. 그 시절 오래된 고서를 비롯해 많은 책을 어머니께서는 읽으셨다. 저녁이면 동네 아주머니들이 우리 집 마루로 모이셨다. 어머니께서 이야기책을 낭랑하게 읽어주시면 아주머니들께서는 그 이야기를 들으시며 눈물을 흘리기까지 했다. 내 어머니는 요즘 말로 이웃 사이에 인기가 많으셨다.

그런 어머니께서 언제부터인가 왜 이렇게 소화가 안 되는지 모르겠다며 가끔 소다와 소금을 한 움큼씩 물로 넘기시곤 하셨다. 얼마 후 병원을 다녀오신 아버지께서 사색이 된 얼굴로 맏이인 나에게 "너희 엄마가 위암이란다."라고 말씀하셨을 때 나는 하늘이 무너지는 것을 실감했다. 요즘 같으면 위암은 병도 아닌 것을 그 당시는 암이라고 하면 사형선고와 같았다. 그 후 아버지께서 어머니를 위해 좋다는 약은 다 구해 오셨지만 물 한 모금도 넘기지를 못하시더니 덜컥 자리에 몸져 누워 일어나질 못하셨다.

그러다 보니 집안일을 외할머니께서 돌봐 주셨다. 그때 외할머니께서는 간간이 뒤뜰로 가서서 몰래 눈물을 훔치시던 것을 보았다. 지금 생각하면 막내딸을 앞서 보내야 하는 어머니의 심정이 얼마나 참담했을까 싶다. 내가 자식을 낳아 키워 보고 세상을 살다 보니 어머니의 마음을 알 것 같다. 오래도록 누워 계시던 어머니는 당신이 오래 살지 못한다는 것을 짐작하셨던지, 맏이인 나에게 얼마 못 살 것 같으니 동생들을 잘 돌봐 주라는 부탁과 함께 무덤가에 꽃을 심어 달라는 말이 마지막 말씀이 되었다.

올망졸망 어린 자식들을 두고 젊은 나이에 어머니께서는 그렇게 하늘나라로 가셨다. 추운 겨울 찬바람 맞고 돌아온 자식의 꽁꽁 언 손을 당신의 겨드랑이에 넣어 녹여 주시던 어머니가 이 나이에 그립다.

평소 꽃을 좋아하셨던 어머니. 앞마당엔 채송화가 만발했으며 채송화 뒤로는 키 큰 칸나가 있었다. 겨울이면 좋아하시던 칸나의 구근을

방안 윗목에 소중히 두셨던 것도 기억난다. 봄이면 달콤한 향기의 붉은 모란이 소담스럽게 피어 온 뜰을 환하게 해 주었고 가을날엔 뒤뜰에 피어 있던 국화를 좋아하셨다.

그동안 사는 것이 무엇이라고 어머니에 대한 그리움까지도 사치로 여기며 여러 핑계로 찾지 못했다. 이 가을 어머니보다도 훨씬 더 많이 산 나이에 어머니를 찾아 허허로운 가을 들녘 이렇게 서 있다.

돌아오는 길 가을 햇살이 내 어머니처럼 다사롭다.

어머니

어머닌 내게

늘 금쪽같은 내 새끼 내 똥강아지라 했다

나 또한 어미가 되어 내 새끼 내 똥강아지라 한다

가을 들판에 피어 있는 들꽃을 유난히 좋아하시던 내 어머니

오늘따라 당신이 그리운 것은

다사로운 가을 햇살이 살가운 당신 같아서도 아닌 것

깊어가는 계절 탓도 아닌 것

후드득 떨어지는 나뭇잎이

다만 그 옛날 당신께서 흘리시던 눈물 같아서……

아름다운 동행

오랜만에 반가운 이와 통화를 했다. 예나 지금이나 여전히 겸손한 그는 올곧고 바른 인성을 가진 사람이다. 서로의 안부를 묻고 이런저런 이야기를 하는 중 부인에 대해 안부를 묻자 아내의 자랑이 끝이 없다. 그가 세상의 모든 것을 얻은 듯 행복한 목소리에 나도 기분이 좋아졌다. 그만큼 아내를 사랑하고 신뢰하는 그에게서 믿음의 향기를 느꼈다.

지혜로운 아내는 남편의 면류관이라 했다. 그러나 옛날 우리나라의 봉건적 사고방식은 아내와 자식 자랑은 팔불출이라 했다. 지금 아이들이 들으면 웃을 일이겠지만 심한 남성 우월주의의 관습으로 살아왔던 탓에 칭찬이 사람을 변화시키는 힘이라는 것을 몰랐던 것 같다. 이렇듯 칭찬이란 아무리 과해도 지나침이 없는 것이 칭찬의 힘이 아닌가 싶다.

부부는 늘 함께 있어 서로의 장점을 보기가 힘들다. 그들이라고 싫은 소리 한 번 내지 않고 살았을까? 그렇지 않을 것이다. 사람이 살면서 크고 작은 의견 충돌이 어찌 없었겠는가. 그러나 그들에게는 근본 되신 크신 그 분을 신뢰하는 믿음의 옥토가 있었기에 상대를 인정하고 세워줄 수 있었다. 서로 세워줌을 통해 함께 존귀함을 받는다는 사실을 그들은 알고 있다.

유쾌한 마음으로 한참을 대화하면서 이런 생각을 해 보았다. 과연 세상에 이런 부부가 몇이나 될까? 세상에 보기 드문 귀한 부부이다. 이들을 보시고 하나님께서 보시기에 참으로 좋았다 하셨으리라. 이들 부부는 오랫동안 아프리카 선교와 많은 청소년 선교로 수고하신 분들이다. 지금은 국내에서 자라나는 다음 세대를 위해 학교에서 사명을 감당하신다니 무엇보다 반가운 일이 아닐 수 없다. 어둡고 각박한 세상 갈 곳을 모르고 방황하는 많은 청소년을 위해 선한 영향력과 아낌없는 사랑을 주길 바라는 마음이다.

"너무 뵙고 싶어요. 서울 올라오시면 꼭 연락 주세요. 빨리 뵈었으면 좋겠어요." 거듭 빨리 만나고 싶다는 그가 왜 이리 귀하던지, 그 유쾌한 목소리에 나는 "그럽시다. 만나서 맛난 거 많이 먹자구요."라고 했다.

날마다 좋은 것을 주시기 원하시는 크신 분을 오늘도 갈망한다.

염소

내 책상 앞에는 그림 한 점이 걸려있다. 가끔 글이 써지지 않고 집중이 안 될 때면 나는 이 그림을 보며 많은 생각에 잠긴다. 뿔이 제법 크고 수염이 길게 늘어진, 조금은 늙어 보이는 염소의 그림이다. 아마도 큰 뿔과 긴 수염으로 보아 젊었을 때는 힘깨나 쓰지 않았을까 싶다. 자기들 세계에서는 왕초 노릇을 했을 거라는 생각을 한다. 그런 그가 힘없이 늙은 모습으로 지그시 두 눈을 감고 지나간 날을 회상하는 듯한 모습이 젊은 날 나의 모습을 보는 것 같아 가슴 한쪽이 찡하다.

젊은 날 나는 독선과 아집에 갇혀 누에고치처럼, 전체를 보지 못하고 저 혼자 잘난 줄 설쳐대는 그야말로 제멋대로였다. 누구에게나 뿔을 들이대며 남의 의견은 들으려고도 하지 않는 이기적인 사람이었다. 그러니 주변에 있는 많은 사람이 얼마나 나로 인해 피곤했을까 싶다. 천둥벌거숭이처럼 덤벙거렸던 내 젊은 날의 모습이 내 눈앞에 있다.

나는 남편에게도 지는걸 싫어했다. 어떤 논리를 펴서라도 이겨야 했다. 하루도 문제가 없는 날이 없으니 옆에서 보는 부모님과 아이들이 얼마나 상처를 받았을까, 지금 생각해도 죄송한 마음이다.

그런 어느 날 누군가의 권유로 어느 교회 수련회에 참석했었다. 그때 우리 팀원들을 통해 나는 많은 것을 배웠다. 인간관계와 또한 용서에 대하여 많은 것을 깨닫게 되었다. 그때까지 내 생활은 늘 나만 상처받고 나만 손해 보고 나만 피해자라는 생각을 했었다. 그런데 그게 아니라는 것을 비로소 알게 되었다. 오히려 나로 인해 상처받은 것은 옆에 있는 식구들이었다는 것을, 그 후 나는 남편에게 무릎을 꿇어 정중히 사과했다. 그런 이후 조금씩 가정이 회복되는 것을 보며 모든 것은 남의 탓이 아닌 내 탓임을 알았다.

이렇듯 두 눈을 감고 지난날을 깊이 묵상하는 염소 그리고 맺혀 있는 눈물이 그나마도 나를 안도하게 한다. 염소의 큰 뿔도, 긴 수염도 그저 하나의 근육이고 한낱 수염에 불과하다는 것을 말이다.

이 가을 마음의 근기를 돌아보며…….

바람의 판화

저문 강둑 오르면
철새들의 목마름이 서성인다
며칠째 풀리지 않는 생각
꿈속에서 헤매듯 맴을 돈다
바람과 엉기었다가도
설렁설렁 풀어버리는 풀잎이 부럽다
머리를 풀어헤친 수초
가끔 미열을 앓는다
하늘에도 길이 있는지
구름 한 점
공중에 붙박인 것들을 데리고
만상이 흘러가듯
그렇게 구름이 흘러간다

선생님

다정다감한 선생님의 인품이 고스란히 담겨있는 시집 잘 받아 잘 읽고 있습니다. 한마디로 선생님의 격조 높은 시정을 감히 누가 따라가겠습니까. 역시 선생님의 글에는 맑은 인격의 향기가 있음을 느낍니다.

선생님께선 늘 이렇게 말씀하셨지요. 꽃들엔 향기가 있어 벌과 나비가 날아온다고, 그렇듯 문학을 하는 사람에게도 맑은 인격의 향기가 있을 때 그 글을 통해 독자가 공감하게 된다고. 그러므로 문학은 예로부터 가난할 수밖에 없지만, 문학이 주는 기쁨은 그 어느 물질의 풍요와는 비교할 수 없는 고귀한 것이라고. 평범한 사물에서 환희를 얻고 자연을 통해 진실하고 소중한 것들을 찾아내는 것이 문학이라고 말씀하셨습니다.

어느 늦은 가을날 문학기행 중 미당 서정주 선생님 문학관으로 가던 차 안에서 제 낭송과 노래를 들으시고 소년처럼 활짝 웃으며 좋아하시던, 또한 숫기 없는 저를 오라버니처럼 이것저것 챙겨주시던 그 마음 소중히 간직하고 있습니다. 선생님께서 병상의 아내를 위해 쓰신 시는 감동이었습니다. 호탕하게 웃으시다가도 사모님 걱정으로 언뜻언뜻 스쳐가는 쓸쓸함과 불안해하시던 그 모습이 이 시간 걱정으로 다가옵니다.

때로 자신을 찾아 여행을 떠나신다는 말씀에 천생 시인이시라는 것을 느낍니다. 그리고 시인의 그 고독함과 쓸쓸함을 공감해 봅니다.

시가 존립하기 어려운 이 시대에, 선생님의 훌륭한 작품은 저에게도 시인으로서의 사명감을 느끼게 합니다.

선생님! 요즘 시가 읽히지 않는 시대임은 분명합니다. 때론 심한 실망감이 들 때도 있습니다. 사람들이 길거리에서도 커피를 들고 다니며 마십니다. 그러나 겨우 커피 한 잔 값 정도밖에 안 되는 시집은 사지도 읽지도 않습니다. 이 시대가 볼 것도 많고 들을 것 또한 많은 시대다 보니 굳이 책을 읽지 않아도 아는 것이 넘쳐난다는 것입니다. 그걸 이해 못하는 바는 아니지만 늘 섭섭한 마음은 있습니다.

하지만 선생님! 반가운 일이 하나 있습니다. 어느 방송 아홉 시 뉴스 진행자는 그날 뉴스의 초점을 시로 마무리합니다. 처음에는 한두 번 하다 말겠지 하였는데 지금까지 하는 것으로 보아 그분이야말로 시를 알고 문학의 깊이를 아는 분 같아 내심 시를 쓰는 자가 지녀야 할 자부심도 듭니다. 각박하고 삭막한 이 시대에 진정 시가 필요하다는 것을 아는 분 같습니다. 그래서 저는 그 시간이 기다려집니다.

선생님! 이렇듯 제 곁에 고매한 스승이 계시다는 것은 인생 최대의 행운이라고 생각합니다. 큰 나무처럼 버팀목이 되어 주시는 선생님을 생각하면 언제고 마음이 든든합니다. 오래도록 저희 곁에 건강한 모습으로 계셔주시기를 바랍니다.

　요즘은 편지를 받아보는 기쁨, 그리고 기다림과 그리움을 모르는 세대라며 못내 서운해 하시던 선생님. 글은 원고지에 쓰는 것이 제 맛이라 하시며 만년필과 원고지를 고집하시는 선생님. 메일보다는 편지로 보내라는 묵직한 웃음에 작은 목소리로 몇 자 적었음을 이해해주시길 바랍니다.

　아무쪼록 선생님! 건강하시고 건필하시길 기원합니다.

가을 소묘

저 홀로 가슴앓이를 하는 가을
잎새를 떨어뜨려야 하는 나무만이
상실감에 아파하는 것은 아니다
마음의 무게로
잠 못 드는 이의 가슴에도
희디흰 달빛 같은 슬픔이 고인다
떼를 지어 날아가는
기러기 울음
꺽 꺽 서녁 하늘에 걸리고
봇짐을 베고 자던 나그네
근원 모를 서러움에 목이 멘다
무심한 새
자꾸만 가을 강을 건너가고
흘러 적요를 쌓는 물소리에
가을은 서둘러 신발 끈을 매고 가는
그리운 사람 같다

강물은 흘러간다

까마득히 잊고 살았던 지인께서 물어물어 연락처를 알게 되었다며 전화를 주셨다. 오래도록 교육계에서 수고하신 부부이다. 이분들이야말로 바른 가치관, 즉 안분지족의 교양과 인격의 조화를 갖추신 분들이다. 이북이 고향이신 이분들은 늘 고향을 그리워하며 고향 이야기만 나오면 두고 온 가족을 생각하며 쓸쓸해 하셨다.

꽤 오래전 일이다. 이 두 분과 금강산 관광을 다녀온 적이 있다. 꿈에도 그리던 고향 땅에 왔으나 누이는 보이지 않고 생사를 알 수 없는 현실 앞에 슬퍼하셨다.

남들은 재테크로 좋은 땅을 살 때 이분들은 민통선 안에다 집 한 채를 마련해 놓으시고 통일이 되면 거기서 사실 거라며 좋아하셨다. 평소 당신의 누이처럼 살갑게 대해 주셨던 분들이시다. 음악을 좋아하셔서 여러 합창단에서 활동하시며 영혼이 맑고 마음이 따뜻하여 많은 사람에게 존경을 받는 분들이시다.

나는 조용히 살자는 마음으로 이곳에 내려왔다. 이렇듯 오랜 시간이 지나도록 전화 한 번 못 드리고 까마득히 잊고 살았다. 죄송스러운 마음에 눈물이 쏟아졌다. 이런저런 안부를 묻던 중 부부 중 한 분이 약간의 치매기가 있다며 이해하고 통화하라며 수화기를 건네주셨다. 아이처럼 좋아하시며 들뜬 음성으로 "많이 보고 싶었어. 그동안 왜 그리 연락이 없었어. 보고 싶었는데."라시며 "이봐, 윤 시인. 그런데 말이야 나는 정말 멀쩡해. 이렇게 멀쩡한 사람을 두고 사람들이 자꾸 나를 이상하다고들 하네. 치매 들렸다고 말이야. 이렇게 잘 먹고 운동도 잘하는 사람을 두고. 이봐, 윤 시인. 나 말하는 것 괜찮지? 그렇지 않아?"

아하! 이걸 어쩌랴, 울컥 목울대가 아파지는 것을. 정말 이러다 못 알아보시면 어쩌나 생각하니 가슴이 먹먹했다. "윤 시인, 나 말이야. 실례가 되지 않는다면 보고 싶을 때 전화해도 될까? 늘 보고 싶어 내 누이 같아서. 또 전화할게. 아무쪼록 건강하고 좋은 글 많이 쓰고……."

아! 오늘따라 하늘이 왜 이리도 푸르지! 나는 하던 일을 멈추고 이런저런 생각에 잠겼다. 그동안 무엇을 하느라 전화 한 번 드리지 못했을까? 나는 죄송한 마음에 오후 내내 흐르는 강물만 보고 왔다.

겨울 강가에서

세월의 잔상
털어내는 소리에 무심코
올려다본 것이
그만, 울음까지 듣고 말았다
구름이 저 홀로 날아와
서성거리며
입술을 깨문들
일렁이는 그림자 어를 수 있을까

강 쩡쩡
속 두께 더하는 밤
마른 입술 깨물며 돌아 오는 길
눈이 내린다
사색의 늪을 유영하다

뒷모습이 아름다운 사람

어느 공공화장실에서 본 글귀다. '아름다운 사람은 머물다간 자리도 아름답다.' 뒷모습을 보면서 참 좋은 사람이라는 소릴 듣는다면 이는 분명 인생을 잘 살았다는 얘기다. 어떤 인생을 살아야 하며 또한 어떤 사람으로 남아야 할지 고민해야 한다.

특히 신앙인이라면 더더욱 그렇다. 왜냐하면 세상 사람들이 늘 주목하고 있기 때문이다. 더러 우리의 좋지 못한 모습을 보고 사람들은 하나님을 믿는 자들이 왜 저 모양이냐고 한다. 그 말은 곧 너희들은 그러면 안 되지라는 실망과, 반면 적어도 너희들은 그러지 말라는 경고로 생각된다. 성경은 이렇게 말씀한다. '모든 성경은 하나님의 감동으로 된 것으로 교훈과 책망과 바르게 함과 의로 교육하기에 유익하니 이는 하나님의 사람으로 온전하게 하며 모든 선한 일을 행할 능력을 갖추게 하려 함이라.(디모데후서 3:16~17절)'

교양을 갖춘 사람은 인격의 조화가 있다. 지성과 헤프지 않은 감정과 박약하지도 독선적이지도 않고, 또한 아름다운 의지가 균형을 이루고 있다. 바른 가치관, 즉 겸손과 안분지족의 질서를 추구하는 자라는 것이다. 그리하여 하나님은 '너희는 세상의 소금이니 소금이 만일 그 맛을 잃으면 무엇으로 짜게 하리요 후에는 아무 쓸 데 없어 다만 밖에 버려져 사람에게 밟힐 뿐이니라. 이같이 너희 빛이 사람 앞에 비치게 하여 그들로 너희 착한 행실을 보고 하늘에 계신 너희 아버지께 영광을 돌리게 하라.(마태복음 15:13,16)'라고 말씀하신다.

그럼 과연 나는 누구일까? 그리고 지금까지 어떻게 살아왔을까? 나의 뒷모습이 어떤 모양으로 사람들의 기억 속에 남아 있을까? 훗날 나를 기억하는 사람들이 좋은 기억으로 오래도록 나를 기억해 주기를 바라는 것은 다들 같은 생각일 것이다. 그러나 이 또한 어렵다.

'아름다운 사람은 머물다간 자리도 아름답다.' 짧은 글귀지만 많은 것을 생각하게 한다.

뒷모습이 아름다운 사람으로…….

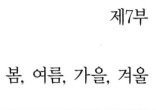

제7부

봄, 여름, 가을, 겨울

미루나무

　요즘은 미루나무를 잘 볼 수가 없다. 언젠가 여행하다 시골길에서 마주친 미루나무가 너무 반가웠다. 예전엔 대부분 길가 가로수는 미루나무였었다.

　봄이면 연녹색 잎새가 햇살에 미끄럼을 타는 듯 아름다웠으며 초여름 날엔 은회색 빛 잎새가 바람에 흔들려 마음까지 화사하게 해주었다. 무더운 여름, 학교에서 돌아오는 길 예고 없이 쏟아지던 소나기에 몸을 피하게도 해주었던 고마운 미루나무가 아니었던가. 지금은 나무의 종류가 많아지고 좋은 나무가 목재로 쓰이다 보니 미루나무는 좋은 목재에는 들지 못하는지 우리 시야에서 점점 사라지는 것 같아 아쉬움이 크다.

　아주 오래전 육군 연병장 근처에서 잠시 살았던 적이 있다. 새벽이면 군인들의 군가 소리에 잠을 깨곤 했었다. 멀리 보이는 연병장엔 햇살을 받아 윤기 도는 미루나무의 잎새가 너무 예뻤다. 쉬는 시간에는 군인들이 삼삼오오 나무 아래에서 땀을 식히게 하던 그런 미루나무다.

　그 무렵 나는 바람에 흔들리는 잎새를 바라보며 마신 커피 한 잔이 늘 내 마음속에 아름다운 추억으로 남아 있다. 겨울이면 무성했던 잎새에 가려 보이지 않던 높다란 꼭대기에 아슬아슬 매달려 있던 까치집.
바람이라도 부는 날이면 혹여 어떻게 될까? 가슴 졸이게 하던 까치집이
었다.

　높은 꼭대기에 집 한 칸 선뜻 내어준 미루나무가 까치에게는 더없이
고마운 나무였으리라.

외롭다는 것 2

결코 먼 곳을 보려 함이 아닌
번잡한 것이 싫어
외고집으로 올라간 미루나무
그 위 까치둥지
높아서 흔들리는 흔들려
아무도 들여다볼 수 없는
나뭇가지에 집을 지은 것
이따금 솔개 한 마리
바람개비처럼 빙빙
이마 위를 돈다 해도
어룽거리는 구름의 그림자에
코끝이 시려 오는
날아가는 한 마리 작은 새
그 날갯짓
울컥 목울대에 걸리는 날

하이!

하이! 친구에게서 전화가 왔다. 다짜고짜 자기가 뭐 하고 있는지 다 알고 있다며 너스레를 늘어놓는다. 이 친구로 말하자면 인간미가 원플러스원이다. 워낙 남자같이 와일드하여 한시도 가만히 있질 못하는 성미다. 반면 어디서 그런 솜씨가 나오는지 살림살이는 백점이다. 요리 실력도 만만치 않다. 그러다 보니 그녀 주변에는 사람들이 많다. 언제 어느 때고 예고 없이 그의 집엘 가면 방안 가득 사람들이 앉아 있다. 사람들이 얼마나 그녀를 좋아하는지 알 수 있다.

한마디로 그녀를 선머슴이라고 한다. 산만한 사내아이처럼 길을 가도 얌전하게 가질 못한다. 경중경중 뛰다가 가만있는 가로수 잎을 휙휙 건드려 보질 않나 길에 버려진 것을 냅다 걷어차기도 하고 암튼 가만있질 못하는 왈가닥이다. 특히 찐한 남도 사투리는 우리 사이에 유명하다. 이를테면 머리를 대그빡이라 한다든지 같은 남도 사람이라도 그녀만의 독특한 말솜씨에 웃음이 나온다고 한다. 끝없는 사투리는 주변을 즐겁게 하고, 많은 사람을 불러들인다. 언제고 그녀를 생각하면 피식 웃음이 나온다.

나는 조용히 살아보겠다고 시골로 내려올 때도 이렇듯 소중한 친구들을 잃어버리지 않을까, 라는 생각에 우울해하기도 했다. 한동안 적응을 못 하며 갈등한 것도 사실이다. 하지만 멀리 있어도 내가 뭐 하고 있는지 다 알고 있다고 하니 싫지 않다. 나 역시 자기들이 옆에 있어 든든하고 고맙다. 아무쪼록 우리 건강하고 고상하게 늙어 가는 모습 오래도록 서로 바라보면 좋겠다.

이제 머지않아 다가올 은근한 봄바람을 기다린다.

계절 그리고 예감

마음 어딘가
끊임없이 일렁이는 물결이 있다

가을을 품은 바람 소리
꽃잎 떨어진 빈 대궁의 흔들림
섬돌 밑 밤새워 뒤척이는
풀벌레 소리
앞니 빠진 노파의 합죽한 웃음
소녀처럼 두 손 모아
기도하는 교우의 모습
비 개인 오후 하늘을 나는
새들의 날갯짓
어느새
내 마음 출렁출렁 물결이 인다

부모는 문서 없는 종

며칠 전 부모님의 산소에 다녀왔다. 주객이 전도된 무성한 풀을 가을까지 도저히 둘 수가 없어서다. 그때까지 두었다가는 잔디가 다 녹아 없어질 듯하여서 남편은 풀을 베고 나는 갈고리로 풀을 긁어내는 동안 많은 생각을 했다.

내 부모님은 한 많은 생애를 살다 가셨다. 특히 어머니께서는 층층시하(層層侍下: 부모, 조부모 등의 어른들을 다 모시고 사는 처지) 대가족 밑에서 많은 고생을 하시다 몹쓸 병을 얻어 돌아가시는 날까지 고통의 날들을 보내셨다. 고물고물 어린 자식들을 두고 가야 하는 안타까움에 눈을 바로 감지 못하셨다. 이쯤에서 내가 부모가 되어보니 알 것 같다. 형편이 좀 나아지면 잘 해드려야지 하다가 시간은 가고 씻을 수 없는 한만 남았다.

지난날 나는 부모님에게 섭섭했던 일을 또박또박 말대꾸해가며 대들었다. 언제 어느 때 이렇게 저렇게 무엇을 해드렸고, 또 무엇 무엇이 섭섭했노라고 말이다. 그러니 부모님의 마음이 어떠했을까? 철없는 자식 그저 철들면 괜찮겠지 하시며 기다리고 기다리셨으리라. 그 시절 대가족의 많은 식구와 넉넉지 않던 살림살이로 숱한 삶의 생채기를 홀로 싸매시면서도 늘 자식에게 잘 입히지 못하고 잘 먹이지 못하는 것에 미안해하셨다.

당신들은 언제나 뒷전이고 어디 외출이라도 하실라치면 변변한 옷 한 벌 제대로 없던 부모님이 아니셨던가. 자식들에게는 늘 좋은 것을 주시려 애를 태우셨던 부모님이다. 이렇듯 다 키워 놔 봐야 당신들께는 별 쓸모도 없는 일이었음에도 그런 자식을 보며 소망을 키우고 계셨으리라. 찬바람 맞고 돌아온 자식에게 아랫목 이불 밑에 언 손을 녹여 주시던, 주고 또 주고도 미안한 마음에 마음 아파하시던 나의 부모님이다. 살아 계실 때 불효하면 돌아가신 후에 후회한다는 평소 평범하게 생각했던 옛사람의 말이 오늘따라 새삼 메아리처럼 들려온다.

그러나 이제 와 후회한들 무슨 소용이 있으랴, 철이 들어 효도하고 싶으나 부모님은 안 계시니. 어느 시인은 '지금 알고 있는 걸 그때도 알았더라면'이라 말했다. 지금 알고 있는 걸 그때도 알았더라면 좀 더 편하게 해드렸을 터인데 이제 와 생각하는 것 자체가 부질없는 생각일 뿐이다. 어찌 자식들이 부모의 마음을 다 알 수 있으랴, 부모가 되어 봐야 알게 되는 것을. 아무튼 자식인 내가 부모가 되고 또 내 자식들이 부모가 되어서야 비로소 깨닫는 것, 이것이 순환의 이치가 아닐까.

누군가는 이렇게 말했다.

부모는 자식에게 문서 없는 종
부모는 자식의 불효를 물 위에 적고 자식은 효를 돌에 새긴다고……

산다는 것은

한바탕

천둥 소나기 지나간 자리

숨바꼭질하듯

햇살 눈이 부시다

삶이란 더러

눈물 나도록 힘겨운 것

살다 보면

더러는 가슴 벅찬 희열도 있는 것

누군들 이만 이만한

속내 하나쯤이야

품고 살지 않을지

산다는 건 다

그저 그만 그만하더라

이명과 코골이

나이가 들어가니 잠자는 버릇도 흉하게 달라진다. 젊었을 때는 잠자는 모습도 흐트러지지 않고 숨소리조차도 들리지 않는다 했다. 그러나 나이가 들어가니 잠자는 모습도 코 고는 소리도 흉하다.

얼마 전까지는 내 코 고는 소리에 놀라 조심을 했다. 하지만 언제부턴인가 남편이 내 코 고는 소리에 잠을 설쳤다는 말을 자주 한다. 내가 언제 코를 골았냐고 하면 어이가 없는지 허허 웃기만 한다. 그러니 내 귀에 들리지 않으니 맘 놓고 코를 곤다.

어떤 부부는 너무 심하게 코를 골다 대판 싸움까지 했다는 소리를 듣고 웃음보다 걱정이 앞선다. 심하게 골면 수술도 한다고 한다. 그렇다고 수술까지 해야 하나 싶기도 하다. 그나저나 앞으로는 낯선 이들과의 여행은 도저히 꿈도 꾸지 못할 처지이다.

살다가 이런 일로 고민하고 걱정해야 한다는 것은 생각도 못 했다. 아무튼, 이 일로 이런 생각까지 해 본다.

코골이는 남들은 다 아는데 자기는 모른다는 것.

이명(귀울음)은 자기는 아는데 남들은 모른다는 것.

코골이처럼 남들은 다 아는 사실을 나만 모르고 스스로 잘난 척한다면, 이 얼마나 심각한 일일까? 반면 나는 알고 있는 것을 남들은 모르고 오히려 나를 이상하다고 한다면, 어떻게 될까?

본인은 알고 있는 사실을 남들은 모른다든지 남들은 다 알고 있는 사실을 정작 본인은 모른다면. 이 난감함을 어이 하나?

아무튼, 무릎을 감싸 안고 생각 중이다.

봄, 여름, 가을, 겨울

나는 내 어머니의 이미지를 닮은 시월의 하늘을 좋아한다. 강물처럼 담담하고 시처럼 간결하며 조금은 우수가 드리워진 그 유연한 웃음이 그리워서다. 또한, 가을날이면 생각나는 황동규 시인의 시월의 시도 좋아한다. '내 사랑하리 시월의 강물을/석양이 짙어가는 푸른 모래톱/지난날 가졌던 슬픈 여정들을 아득한 기대를/이제는 홀로 남아 따뜻이 기다리리/지난 이야기를 해서 무엇하리/두견이 우는 숲새를 건너서/낮은 돌담에 흐르는 달빛 속에/(생략)'

시월의 시와 내 어머니 그리고 호젓한 가을밤이 그리워서다. 이렇듯 사계절의 변화를 느끼며 산다는 것은 대단한 축복이다. 여행을 하다 보면 정서를 자극해 주는 것 역시 어머니와 같은 우리나라의 산하다.

그럼에도 사계절 중 딱히 싫은 계절을 말하라면 글쎄? 여름이라고 말하고 싶다. 여름을 여자로 치자면 수다스럽고 자유분방한 그런 이미지의 여자라고나 할까. 아무튼, 나는 여름 하면 왕성한 번성, 온갖 곤충과 벌레, 피부병, 뒷골목에서의 별의별 탈선과 방종, 이런 혼돈과 부글부글 괴어오르는 쉰 음식이 생각나 거북해진다. 반면 여름에 온 대지의 갈증을 해소해 주는 소나기는 좋다.

그 반대의 겨울 이야기를 해 보자. 싸늘한 이지적인 여자가 생각난다. 이마를 '탁' 치고 가는 매서운 바람, 은둔과 밀폐 속에서도 갱생의 씨앗을 품은 대지는 마치 생명을 열 달 동안 뱃속에 품고 있는 대견스럽고 아름다운 여자를 보는 것 같아서 고맙기까지 하다.

봄은 어떠한가. 그리운 이가 사립문을 열고 불쑥 들어 올 것만 같은 그리움이다. 죽은 듯 침잠해 있던 씨앗(생명)이 거대한 우주를 밀어 올리는 힘은 거룩하다.

이런 봄날엔 김영랑의 시를 노래하고 싶다. '돌담에 속삭이는 햇살같이/돌 아래 웃음 짓는 샘물같이/내 마음 고요히 고운 봄길 위에/오늘 하루 하늘을 우러르고 싶다/새악시 볼에 떠오르는 부끄럼같이/詩의 가슴을 살포시 젖는 물결같이/보드라운 에메랄드 얕게 흐르는/실비단 하늘을 바라보고 싶다'

오늘은 멀리 사는 그리운 이가 사립문을 열고 들어올 것만 같다.

산다화 꽃잎, 떨어지다

−소록도

어느 초겨울 친구들과 여행 중 소록도를 들렀다. 남쪽 바다의 작고 큰 섬 중에서 가장 아름다운 섬이라 한다. 멀리서 바라보는 섬의 모양이 작은 아기 사슴을 닮았다고 해서 붙여진 이름이(녹동) 지금은 소록도라 불린다.

어린 날 내가 살던 고향엔 봄이면 산등성 여기저기 진달래가 붉게 피었었다. 그 당시 아이들에겐 진달래꽃이 간식거리였다. 지금처럼 모든 것이 풍부했던 시절이 아니다 보니 봄이면 진달래꽃을 따 먹기도 하고 진달래꽃을 한 아름 꺾어다 항아리에 꽂아 두고 보기도 했다.

6·25전쟁 직후라 어려운 사람들도 많았고 나병 환자들도 많았던 것으로 기억된다. 이 동네 저 동네 동냥하러 오는 사람 중엔 나병 환자들이 더러 있었다. 코가 짓무르고 손이 뭉그러진 나병 환자가 동리로 들어오면 아이들은 기겁하여 집 안으로 들어가 나오지도 못하고 벌벌 떨었다. 당시 어디서 나온 말인지는 모르겠지만 진달래 꽃 속에는 문둥이가 산다더라. 아이들을 보면 잡아먹는다는 끔찍하고 무서운 이야기들이 떠돌았다.

우리 일행은 긴장된 마음으로 안내하시는 분의 설명을 들었다.

천형의 땅으로 차별받던 소록도는 1916년에 (자혜원) 한센병원이 설립되었다고 한다. 일제강점기의 강압적인 사회구제 정책 속에 1대 2대를 거쳐 4대 일본인 수호 원장이란 자는 8년 9개월 재직하는 동안 소록도 내의 각종 공사를 추진하여 한센인들을 노예처럼 부렸다고 한다. 그것도 모자라 커다란 자기 동상을 세워 감사일을 정해 놓고 강제로 환자들에게 참배를 강요했던 수호 원장, 결국, 젊은 한센인의 칼에 일본인 원장은 죽었고 그 젊은이도 사형선고를 받아 형장의 이슬로 사라졌다. 그당시 건물이 지금도 대부분 그대로 보존되어 있다고 한다.

그 후 후임자로 온 일본인 원장은 한센병 환자들을 가족처럼 잘 돌보아 주었다고 한다. 하지만 나라 없는 설움과 천형이라는 병은 인간의 본능마저도 허락지 않았다. 당시 젊은 한센인들을 잡아다 정관수술을 마취도 없이 손발을 묶고 입을 틀어막은 뒤 강제로 수술을 시켰다고 한다. 검시실 안은 온통 피비린내와 울부짖음, 더러 죽어가는 시체들이 즐비했다고 한다. 이들은 한센인들을 하나의 인격체로 보질 않았음이다.

아기 사슴을 닮은 아름다운 섬 소록도 그 언덕엔 지금도 꿰맬 수 없는 아픈 상처가 흰 산다화 꽃잎처럼 흩날리더라.

보리피리
-한하운 시

보리피리 불며
봄 언덕
고향 그리워
피-르닐리

보리피리 불며
꽃 청산
어릴 때 그리워
피-르닐리리

보리피리 불며
인환의 거리
인간사 그리워
피-르닐리리

보리피리 불며
방랑의 가산하
눈물의 언덕을 지나
피-르닐리리

기다림도 오래면

−소록도

밀물이 실리는

밀려오다 뿌리 내린

먼 해저(海底) 마을

하늘 밑에 살아도 하늘을 모르는

옛날 침략자의 망루

그 언덕엔 오늘도

버려야 할 만큼 헤진 상처가

꿰맬 수 없는 아픈 눈빛이

흰 산다화 꽃잎처럼 흩날리더라

빼앗긴 서러운 땅

저물도록 빈 들판에 세워 두었던

씨방 없는 민초들

소금기 절여진 흐릿한 밤

신음 찢던 바람의 머리맡엔

헛것만 보이던 날들

부끄럽게 돌아눕는

늙은 짐승의 눈빛 같은

저 침략자의 모습

마치 삭은 목조 계단 같다

기다림도 오래면 씨앗과 같더라

제8부

푸른 하늘 은하수

토닥토닥

읍내 병원을 다녀오다 가슴 한편 울컥 한 일이다. 초등학생으로 보이는 형제인 듯하였다. 무슨 일이 있었는지 모르겠지만 엉엉 우는 동생의 등을 토닥이며 형은 말했다. "괜찮아, 울지마, 형이 있잖아. 형만 믿어, 형만 믿으라니까." 그 형제의 모습을 보며 마치 내가 위로를 받는것 같았다.

언젠가 지인에게서 전화가 왔다. 그런데 수화기 너머로 흐느끼는 소리가 들렸다. 그 뒤 우리는 한적한 경양식 집에서 만났다. 내 앞에 앉은 그녀는 한참동안이나 어깨를 들썩이며 우는 것이 아닌가, 손수건을 다 적시고도 휴지 한 통을 다 쓰도록 울기만 했다. 그때 나는 말없이 기다려 주기로 했다. 시간이 한참 지난 후 그녀를 꼭 안아 주었다. 그리고 그녀가 이야기 할 때까지 기다렸다. 며칠 후 그녀를 만났을 때 내게 지켜봐 주고 기다려 주어서 너무 고마웠노라고 했다.

인생을 살다 보면 사람은 누군가에게 의지하고 위로받고 싶어질 때가 있다. 또한, 우리는 누군가를 위로하며 이해하려면 많은 말이 필요하다고 생각한다. 그러나 많은 말이 상대를 위로하지도, 이해하지도 못한다는 것이다. 위로해 준다고 이 말 저 말을 하다보면 오히려 부담스럽고 때론 상처가 될 수도 있다. 누구를 위로한다는 것은 결코, 어렵고 거창

한 것이 아니다.

오늘 나는 그 어린 형제를 보면서 사람은 반드시 사람에게서 위로를 받는다. 그러나 위로에는 많은 말이 필요하지 않다는 것을 배웠다.

동생의 등을 토닥이던 형의 마음처럼 나도 누군가의 등을 토닥일 수 있다면…….

목련

두 무릎 사이 얼굴 묻어

긴 밤 올려 드리는 기도

한 장 얇은 홑이불을 덮고

잠을 청하는

아픔 같은 것

먼 길 돌아온 새벽

하얀 여백 위

실핏줄 하나하나마다 차오른

뼛속까지 저려 오는

순백의

가슴 벅찬 노래

이제 상앗빛

고운 노래를 부르기 위해

두 손을 모으는 것

그 크신 사랑

나는 내륙에서 자랐기에 바다를 볼 기회가 적었다. 어린 날 소풍을 가면 나룻배가 있는 강물이 고작이었다. 어른이 되어서도 배를 타고 깊숙이 들어가 보질 않았으니 바다의 깊이와 넓이를 이해하기에 턱없이 부족했다.

어느 해 독도를 여행했을 때의 일이다. 그날따라 날씨가 화창하게 좋았다. 전해지는 이야기에 의하면 독도는 삼대가 선을 베풀어야 볼 수 있다고 한다. 그만큼 독도로 가는 바닷길은 험난하다. 울릉도에서 출발하여 독도를 향해 가는 중 나는 바다가 푸른빛이 아닌 먹빛이라는 것을 그때 알았다. 먹물을 풀어놓은 듯한 깊은 바다, 구름 한 점 없는 하늘이 마치 두루마리를 펼쳐놓은 듯 끝이 보이지 않았다. 그때 '하늘을 두루마리 삼고/바다를 먹물 삼아도/그 크신 사랑 다 기록할 수 없겠네'라는 노랫말이 문득 생각나는 것이 아닌가? 순간 아! 감탄사가 저절로 입에서 튀어나왔다. 일찍이 이 노랫말을 지은 작사자는 그분의 은혜를 알았을 것이다.

온 천하 만물이 그에게서 왔으며 그것으로 그분을 알아야 한다는 것을 왜 모르고 살았는지, 또한 노랫말을 지은 작사자는 자연을 통해 그

분과 늘 교감했다는 생각을 하니 온몸에 소름이 돋았다. 때를 따라 피고 지는 산천의 무수한 꽃들을 접하면서도 그것이 바로 그분의 특별한 계시라는 것을 몰랐다는 건 무지하다 못해 무례하다.

그 후 나는 두루마리처럼 펼쳐진 하늘과 먹물 같은 바다를 보노라면 울컥하는 마음에 이 노랫말을 생각한다.

하늘을 두루마리 삼고 바다를 먹물 삼아도 그 크신 하나님의 사랑 다 기록할 수 없겠네.

푸른 하늘 은하수

얼마 전 어딜 다녀오는 차 안에서 흘러나오는 '푸른 하늘 은하수 하얀 쪽배에 계수나무 한 나무 토끼 한 마리'라는 오랜만에 들어보는 동요를 반가운 마음에 흥얼흥얼 따라 불렀다.

나의 유년시절엔 달 밝은 밤이면 마당에 돗자리를 깔고 놀러 온 이웃들과 간식으로 옥수수를 먹어가며 총총히 떠 있는 별을 보았다. 저녁이면 하늘을 이불 삼아 둥근달을 보며 계수나무 아래 토끼가 방아를 찧는 상상의 나래를 펴던 때가 있었다. 그런 시절이 엊그제 같은데 세상은 하루가 다르게 변해간다. 지금의 아이들에겐 이런 이야기가 그저 황당한 이야기로 들릴 것이다.

우주인들이 달을 정복한 이후 그들에게 계수나무 한 나무 토끼 한 마리의 꿈을 송두리째 빼앗겨 버렸다. 푸른 하늘 은하수는 대낮같이 밝은 가로등으로 저만치 사라졌고, 미세먼지로 뒤덮인 하늘은 별도 달도 보이지 않는 캄캄한 도시의 하늘이 되어버렸다. 어린 시절 아이들과 함께 어두운 저녁 예배당 가는 길을 밝혀주던 달빛의 고마움도 퇴색되어 버렸다. 가난했지만 쑥개떡 하나라도 담 너머로 주고받던 인정이 아쉽다. 형편은 월등히 좋아졌지만, 사람들 가슴은 찬바람이 부는 허허벌판처럼 삭막하다. 형편은 예전보다 훨씬 좋아졌다. 끼니를 거르는 일 또한 없음에도 그러나 여전히 밥 위주로 살아가는 사람이 많다. 밥을 모으기 위해 치열한 경쟁을 하는 것까지는 좋다. 그러나 전력투구하는 것이 너무 살벌하기까지 하여 가슴 한쪽이 시려 온다.

오랜만에 들어보는 이 노래로 찌들었던 마음을 씻어 보려 한다. 푸른 하늘 푸른 신록 얼마나 신선한 아름다움인가. 비 갠 날 푸른 산천은 마치 금방 세수하고 나온 소녀의 해맑음 같다. 화사한 아침은 또 어떠한가. 이 화사함을 보면서 누가 감히 세상을 추하다고만 할 것인가. 누가 세상살이가 고달프다고 한탄만 할 것인가. 깊고 푸른 하늘을 보고 있으면 두 손을 모으고 싶은 간절한 마음이다.

자연의 아름다움은 우리의 마음을 정화하며 욕심에서 잠시라도 벗어나게 한다. 짙푸른 대나무가 단비를 맞으며 생성되듯, 사람들 역시 훌륭한 선인들의 말씀과 양질의 책을 통하여 깊고 푸른 하늘처럼 열린 마음에 쪽배 하나쯤 띄우고 살면 좋겠다.

이런 삶이야말로 그 어떤 것보다 신선하고 아름다운 시가 아닐까 싶다. 다만 바쁜 일상이 마음의 여유를 주지 못함이 아쉽다. 오늘 저녁은 하늘에 떠 있는 달을 보아야겠다. 혹여 계수나무 아래 토끼 한 마리가 방아를 찧고 있을지도 모르니까······.

봄

마당 한 귀퉁이까지 바다를 들인

빈집 마루 끝에 앉아

멀리 행간처럼 떠가는 어선 한 척 바라보는

무료한 봄날

검버섯 이웃집 노파의 얼굴에도

복사꽃이 핀다

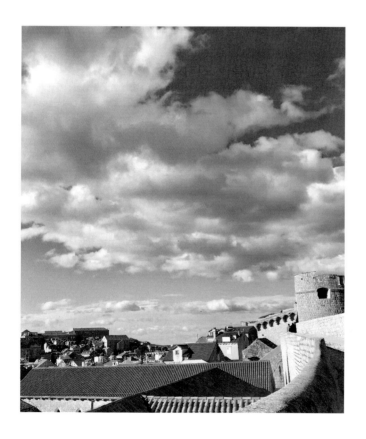

단색의 은총

눈이 펑펑 쏟아져 흰색으로 덮인 마을이 낯설다. 희다는 것은 색이 없음을 말하지만 사실은 모든 색을 덮을 만큼, 세상의 어두운 구석까지 아름답게 바꿀 만큼 완벽한 색이다. 생전 꽃 한번 화사하게 피우지 못하는 소나무의 푸른 잎 위에도, 잎을 다 떨어뜨린 앙상한 나뭇가지에도 일제히 순백의 꽃을 피우게 한다.

버겁게 눈을 이고 서 있는 소나무 숲 사이로 불어오는 바람은 나를 설국의 동화로 이끈다. 흰 눈처럼 눈부신 마차에서 왕자가 나를 맞아줄 것이란 착각에 빠져 보는 것도 좋을 듯하다. 잠시 눈을 맞으며 걸어본다. 머리를 젖히고 쳐다본 하늘은 흰 점으로 빼곡히 채워져 있다. 마치 먼 설원에 나 홀로 서 있는 듯하다. 폭설을 이불 삼아 들녘에 누워 있는 풀씨들은 무슨 생각을 하고 있을까? 아마도 푸르디 푸른 꿈을 꾸고 있을 것이다. 지금 내리는 눈이 녹아지면 잠시의 영화를 벗고, 이 세상의 환희란 오래가지 않는다는 것을 교훈하듯 사물은 제자리를 찾을 것이다.

유년시절 눈 내리는 날이면 동네 아이들은 집에 가만히 있질 못했다. 하늘을 향해 입을 벌리고 내리는 눈을 받아먹으려 이리 뛰고 저리 뛰어

다녔다. 그때는 하얀 눈이 깨끗해 보였다. 아마도 그때의 눈은 깨끗했을 것이다. 아이들은 강아지처럼 온 들판을 사방팔방으로 뛰어다니며 눈 위에 벌러덩 누워 눈 사진을 찍기도 했다. 올해는 유난히 눈이 많이 내린다. 며칠이고 눈이 내려 이참에 세상의 잡스러운 소식과 이전투구의 뒤엉킴을 일시에 덮어버리면 좋겠다. 허벅지까지 푹푹 빠져 찻길도 막히고 사람 길도 막혀 소식이 끊긴 시간, 태곳적 설원의 원시인이 되어 자신의 내면을 볼 수 있는 시간이면 좋겠다. 잡다한 쓰레기를 다 덮어버린 세상은 우리의 시각을 편하게 해줄 것이다. 그리고 생각의 지평을 넓혀줄 것이다.

지금도 눈은 소리 없이 내리고 있다. 이 겨울, 아무것도 보이지 않는 오로지 눈으로만 덮여 있는 세상에서 우리가 저지른 잘못과 탐욕조차도 가리워지길 바란다. 그분 앞에 낮게 낮게 엎드려, 깊은 내면에서 들려오는 양심의 소리에 귀 기울이며 척추가 아프도록 용서를 빌고 싶다.

하얀 단색의 은총을 바라며……

설원

돌돌돌 빈 숲 헤집고
흐르는 산골 물소리
아직은 먼 봄을 부른다

순백의 오솔길
아기 노루 길을 열고
나직이 부르던 휘파람 소리
솔숲에 걸어 둔 채
소리 없이 쌓이는
단색의 은총 속에
더없이 유순한 사람들과
마음의 빗장 열어
긴 이야기를 나눈다

인동꽃

나는 가수 최성수 씨의 동행이라는 노래를 부르면 가슴 한쪽 밀물처럼 슬픔이 고여 온다. 어린 날 어머니와의 아픈 추억이 소환되어 오는 듯하다.

동행

아직도 내겐 슬픔이 우두커니 남아있어요

그날을 생각하자니 어느새 흐려진 안개

빈 밤을 오가는 마음 어디로 가야만 하나

어둠에 갈 곳 모르고 외로워 헤매는 미로

누가 나와 같이 함께 울어줄 사람 있나요

누가 나와 같이 함께 따뜻한 동행이 될까

사랑하고 싶어요 빈 가슴 채울 때까지

사랑하고 싶어요 사랑 있는 날까지

내 어머니는 어린 나를 데리고 걸어서 걸어서 외갓집을 자주 갔었다. 외가댁으로 가는 길섶엔 노랗고 하얀 인동꽃이 많이도 피어 있었다. 잠시 쉬어가던 무덤가엔 흰머리를 풀어헤친 할미꽃이 어지럽게 바람에 흔들렸던 것이 기억난다. 걷기도 하고 어머니 등에 업혀서 가기도 하던 외갓집은 참으로 멀기만 했다. 설핏 해거름 속에 보이던 높다란 고가의 지붕을 바라보시며, 어머니는 이제 다 왔다 하시며 긴 한숨을 내 쉬셨다. 그 모습이 지금도 내 가슴 한쪽 싸한 아픔으로 남아 있다. 어린 나의 눈에도 어머니가 불쌍해 보였다. 그래도 찾아갈 곳은 외가댁뿐이라는 것을 눈치로 알았던 것 같다. 그런 내가 툭하면 외사촌 언니와 잘 싸웠다. 그때마다 어머니께선 얼마나 난감했을까, 가뜩이나 눈치 보이는 친정에서. 결국, 며칠을 못 있고 돌아오던 길 간간이 눈물을 훔치시던 내 어머니의 눈물이 지금도 아픔으로 다가온다.

이 노래가 나의 어머니의 일생을 이야기하는 듯하다.

단색의 은총

윤경이 지음

발행처·도서출판 **청어**
발행인·이영철
영　업·이동호
홍　보·천성래
기　획·남기환
편　집·방세화
디자인·이수빈 | 김영은
제작이사·공병한
인　쇄·두리터

등　록·1999년 5월 3일
(제321-3210000251001999000063호)

1판 1쇄 발행·2021년 7월 30일

주소·서울특별시 서초구 남부순환로364길 8-15 동일빌딩 2층
대표전화·02-586-0477
팩시밀리·0303-0942-0478
홈페이지·www.chungeobook.com
E-mail·ppi20@hanmail.net
ISBN·979-11-5860-964-1(03810)